웰컴투더 하루키월드

웰컴투더 하루키월드

무라카미 하루키의 일상과 작품세계로 떠나는 여행 쓰게 데루히코 지음 | 유혜원 옮김

WILLCOMPANY

차례

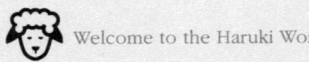 Welcome to the Haruki World!

1장.
하루키라는 신비로운 작가
— 유명인은 되고 싶지 않다?

2장.
달리기 시작한 날들
— 그래, 소설을 쓰자!

3장.
이야기가 시작되다
— 작가가 되기란 만만치 않다?

4장.

이상한 나라로의 초대
— 그곳에는 앨리스와 치히로도 있을까?

5장.

하루키 문학의 매력
— 세계적으로 읽히는 이유는 무엇일까?

6장.

사랑과 섹스
— 섹스는 관계의 확인이다?

- 작품 제목은 가장 최근의 한역판 제목을 기준으로 삼고 있습니다.
- 중·장편소설은 《 》, 단편소설과 영화는 〈 〉로 통일하였습니다.

하루키라는 신비로운 작가

유명인은 되고 싶지 않다?

1장

무라카미 하루키는
실존하는가?

"교수님, 무라카미 하루키는 진짜 존재하나요?"

대학에서 현대문학 강의를 하던 중에 한 학생의 질문을 받고 적잖이 당황한 적이 있다.

"뭐?"하고 놀라자,

"실물을 본 사람이 거의 없잖아요. TV에 나온 적도 없고요."

"사진으로는 본 적이 있지 않나."

"사진이야 봤죠."

"그럼 실존하는 거지."

"하지만 미디어 강의 때 교수님께서 말씀하셨잖아요. 요즘에는 컴퓨터로 얼마든지 수정하거나 합성할 수 있어서, 예전처럼 사진을 기록이나 증거로 믿기는 애매하다고요."

요즘처럼 사진이 갖는 '사실성'이나 '기록성'이 무너지고 있는 현실에선 수긍이 가는 이야기이기도 하다. 예를 들어, 지난 연말에 나는 작가 오기노 안나에게 웨딩드레스 차림의 본인 사진을 넣은 연하장을 받고 '드디어 솔로를 탈출했구나' 싶었는데, 옆에 선 신랑을 자세히 보니 그 유명한 욘사마 배용준이었던 적이 있었다.

아무튼, 학생의 얘기를 듣고 잠시 생각을 해보니 무라카미 하루키는 나 역시 사진으로밖에 보지 못했다. 예전에 서신을 주고받은 적이 있지만, 워드로 작성한 문서라 본인이 썼다는 증거는 없었다. 난 무의식중에 음, 하고 난처한 한숨을 내쉬었다.

그런데 학생과의 대화 중에 아이디어가 하나 떠올랐다.

나는 당시에 평론가 가와무라 미나토와 문학연구가 구리쓰보 요시키와 셋이서 '현대문학회'라는 이벤트 위주의 연구회를 맡고 있었는데, 그 해의 이벤트 주제로 이 이야기를 다뤄야겠다는 생각이 들었다.

토크쇼 〈무라카미 하루키라는 신비로운 존재 — 무라카미 하루키는 실존하는가?〉라는 타이틀도 떠올랐다. 그리고 현실로 이어졌다.

2007년 12월, 도쿄 시부야의 아오야마가쿠인 대학에서 토크쇼를 열었다. 신문에도 소개된 터라 회장인 대강의실은 사람들로 꽉꽉 들어차, 서서 봐야 할 정도로 성황이었다.

평론가인 가와무라 미나토와 스즈무라 가즈나리, 도쿄대 교수인 후지이 쇼조 세 사람에게 패널을 부탁했다. 세 사람 모두 무라카미 하루키에 대해 훌륭한 연구서를 발표한 사람들이다. 나는 사회를 맡았다.

그런데 이 중에서 실제로 하루키를 본 적이 있는 사람은 가와무라 미나토 뿐이었다. 가와무라는 1980년 '군조 신인문학상'의 평론부문 우수작에 뽑히며 데뷔를 했는데, 사실 하루키는 전년도인 1979년에 《바람의 노래를 들어라》로 역시 '군조 신인문학상'의 소설부문에서 수상한 바 있었다.

그래서 하루키도 1980년도 수상축하 모임에 전년도 수상자라는 명목으로 초대를 받아 참석했던 모양이었다. 그런데 가와무라의 설명에 따르자면,

"바람처럼 눈앞을 스쳐 지나간 사람이 있었는데, 그 사람이 무라카미 하루키였던 모양일세."

기억에는 그다지 남지 않았다고 한다.

그래서 가와무라 미나토는 실물을 확실히 봐야겠다는 마음에, 이번 토크쇼가 열리기 직전인 11월에 있었던 '와세다 대학 쓰보우치 쇼요 대상' 수상식에 참석했다고 한다. 가와무라는 하루키의 소설 《해변의 카프카》에 자신의 이름과 같은 '가와무라'라는 언어장애 고양이가 등장하여 의미가 불분명한 말을

하는 것에 대한 항의(?)의 뜻으로, 프란츠 카프카의 고향 프라하에서 발견한 작은 길고양이에게 '무라카미'라는 이름을 붙인 사람이다.

그런데 수상식 전에 하루키가 참석하지 않고 대리인이 나올 거라는 소문이 떠돌아 살짝 낙담하고 있었는데, 예상외로 본인이 나타났다고 한다. 단, 출석 시간은 20분으로 '사진은 절대 찍지 마십시오'라는 조건을 단 등장이었다.

'쓰보우치 쇼요 대상'은 다소 생소한 문학상인데, 낯가림이 심한 하루키가 어떻게 수상식에 참석한 것일까.

아마도 그와의 깊은 인연 때문일 것이다. 쓰보우치 쇼요는 와세다 대학의 교수로 문학부를 세운 장본인이며 일본의 연극, 특히 셰익스피어 연극 보급에 노력했던 인물이다. 와세다 대학의 연극박물관도 그의 장서를 토대로 만들어졌다.

따라서 하루키가 졸업한 '와세다 대학 제1문학부 연극과'는 쓰보우치 쇼요와 인연이 깊다. 게다가 하루키는,

"학창 시절에 영화를 보러 갈 돈이 없으면 와세다의 연극박물관에서 시나리오를 독파했죠"라고도 말하고 있으니 여러 가지 사연이 있었을 것이다. 그 의리를 지킨 셈이다.

어쨌든 그런 이유로 하루키는 단 20분 동안 '실존'했다고 할 수 있다.

하지만 반면, 어찌 된 영문인지 하루키의 목격담도 속출하곤 했다. 그도 그럴 것이 사진으로 보기에도 하루키는 큰 특징 없이 밋밋하게 생겼기 때문에, 전혀 다른 사람을 하루키라고 착각하는 사례가 많았을 것이다. 하루키가 만든 웹사이트에 '하루키 씨를 봤어요'라는 목격담이 수없이 올라왔지만 당사자인 하루키는 언제나,

　　"장소나 시간 모두 기억에 없는 만큼 그 사람은 '하루키'가 아니라, 나를 닮은 '하루키치' 군이라고 생각됩니다"라고 답을 했다.

　　수상식에 등장한 것도 혹시 '하루키치' 군이 아닐까……?

미디어를
피하는 이유

미디어가 발달하게 되면서 이제는 미디어를 피하는 유명인사도 많다. 미디어가 자신들의 사생활이나 내면을 파고들기 때문이라는 것이 이유이다.

그런데 하루키의 경우는 그야말로 극단적이다. TV 출연 의뢰는 일절 거절한다. 그래도 끈질기게 부탁을 하자,

"인형 탈을 쓰고 출연해도 좋다면 나가죠" 하고 답해 상대방을 당황하게 했다. 이 '인형 탈' 이야기가 유명해지면서, 이제는 출연을 의뢰하는 방송사가 없는 모양이다.

TV를 싫어하는 이유에 대해 하루키는,

"외출했을 때 누가 말 거는 게 싫기 때문에, 얼굴을 공적으로 만들고 싶지 않습니다"라고 설명했다. 그리고 무엇보다 하루키는 TV를 거의 보지 않는다.

TV뿐만이 아니다. 그는 사람들 앞에 나서는 것 자체를 꺼린다. 따라서 강연이나 사인회 등은 일절 하지 않는다. 사람들 앞에 나서지 않는 이유를 당사자에게 물어보면,

"사람들이 얼굴을 보고 실망하는 게 싫어서."

"극도로 낯을 가리는 성격이라 모르는 사람 앞에서는 표정이 굳어버리니까"라고 말한다.

하루키는 사람들 시선을 피하기 위해서였는지 마흔이 되기 직전 즉, 《노르웨이의 숲》이 베스트셀러가 된 뒤에 로마에서 운전연습을 하고 일본에서 운전면허를 취득했다. 그리고 지금껏 주로 자신의 차로 이동을 하는데, 차를 갖기 전까지는 전철이나 버스를 타고 다녔다. 하루키는 그 무렵 독자들에게 다음과 같은 '부탁'의 메시지를 남긴 바 있다.

"전철 안에서 마주치더라고 말을 걸지 말아 주세요. 멸종위기에 놓인 희귀동물처럼 가만히 내버려 둬주세요."

어쩐지 안쓰러울 만큼 절박함이 담긴 메시지이다. 하루키는 자신이 외국 생활을 좋아하는 것도, 사람들이 자신을 '가만히' 내버려두기 때문이라고 한다.

하루키는 사진을 찍히는 것도 내켜 하지 않는데, 나이를 들어가면서 더욱이 심해진 모양이다. 다음과 같은 말도 남겼다.

"작고한 작가의 경우에 노인 얼굴의 사진이 많은데, 나는 세

상을 떠난 뒤에도 비칠비칠한 노인 사진 따위는 남기고 싶지 않다."

내가 좋아하는 사진은 《무라카미 하루키 전집》의 팸플릿에 실린, 다카나시 유타카가 촬영한 사진이다. 1970년대를 재현한 듯한 사진으로, 하루키는 돌계단에 걸터앉아 '험악한 눈초리'를 하고 있다. 상의는 흰색 반팔 티셔츠에 하의는 바짓단을 접어 올린 청바지, 신발은 흰색의 새 스니커즈이다. 전혀 '작가' 답지 않은 차림의 사진인데, 그가 남기고 싶은 사진은 바로 이런 사진이 아닐까 싶다.

본인이 밝힌 '무라카미 하루키의 프로필'을 정리해보자.

신장은 168센티미터로 그의 연령층에서는 평균적인 수치이다. 체중은 60킬로그램 정도인데 신경 써서 조절하면 59킬로그램까지 감량하고, 허리 29인치(73센티미터)의 청바지를 입을 수 있다. 혈액형은 A형으로 별자리는 양자리. 오랫동안 수영을 했기 때문에 어깨와 가슴이 넓은 편이다. 평범한 재킷은 어깨나 가슴이 너무 끼어서 꼼 데 가르송(일본 패션 브랜드)의 제품을 즐겨 입는다. 지독하게 추운 겨울날에는 폴 스미스(영국 패션 브랜드)의 더플코트를 입는다. 옷 색깔은 블루를 좋아한다. 수영을 즐기기 때문에 머리칼은 짧고, 조깅으로 단련된 다리에는 근육이 붙어 있다.

하지만 자신의 얼굴에 대해서는,

"태어나서 '무라카미 씨는 핸섬하시네요' 하는 칭찬은 단 한 번도 받아본 적이 없다. 그렇다고 생긴 것 때문에 난처했던 적도 없다"라고 말했다.

'사이먼 앤드 가펑클(Simon And Garfunkel, 미국의 듀오)'의 폴 사이먼을 닮았다는 이야기를 들은 적도 있는데 하루키는 그 얘기를 그다지 좋아하지 않는다.

하지만 목소리만큼은,

"의외로 낮고 울림이 좋아서 목소리가 좋다는 얘기를 들은 적도 있다"고 한다.

요약해보면 옷을 입고 있는 한, 극히 평범한 남성이라고 할 수 있다(옷 안으로는 상당한 근육질이지만). 아무튼 남에게 불쾌감을 줄 만한 요소는 전혀 없다. 그런데도 하루키는 왜 사람들 앞에 나서기 싫어하는 것일까.

그의 표현을 따르면 유명인이란 신경의 피로를 유발하는 것이다.

"사람은 한번 유명세를 타면 전혀 예측할 수 없는 세계로부터 예측할 수 없는 종류의 호의와 악의를 받게 된다. 어떨 때는 이유 없이 매도당하기도 하고, 어떨 때는 이유 없이 칭송을 받는다. 한 번도 만난 적 없고 관계한 적도 없으며 이름조차 알지 못하는 상대로부터."

"그런 인생을 좋아하는 사람은 유명인을 하기에 적합하다. 좋아하지 않는 사람은……, 포기하는 수밖에 없다."

이 이야기에서 생각해보면 하루키는 '유명인에는 맞지 않는다'고 할 수 있다. 하루키가 바라는 것은 어린 시절이나 학생 시절에 그랬듯이 '무명이라는 것'의 홀가분함일 것이다.

일본을 대표하는 유명인인 동시에 '무명성'을 갖고자 하는 것은 지극히 어려운 일이다. 하루키는 그 어려움을 넘어서기 위해 언제나 자신의 실상을 지우려 하며, 독자들도 그의 의지를 존중해주기를 바란다고 해석할 수 있다.

승려의 아들로
태어나다

하루키는 그동안 자신의 성장 과정에 대해 이야기한 적이 별로 없다.

지금은 많이 알려진 사실인데, 무라카미 하루키의 아버지인 무라카미 치아키는 교토에 위치한 절의 승려 아들로 태어났으며, 자신도 승려였다(일본에서는 승려도 결혼할 수 있다). 그는 오랫동안 니시노미야 시의 명문학교 '고요가쿠인'의 국어교사로 근무하며 교감직까지 맡았지만, 이후 교토에서 아버지의 뒤를 이어 승려가 되었다.

즉, 하루키는 승려의 아들이었던 것이다.

사실 하루키는 데뷔 5년 차 무렵에 자신을 소개하는 에세이에서,

"아버지는 교토의 승려 아들이고 어머니는 센바에서 상가를 운영하던 집의 딸이니, 어쨌든 백 퍼센트 간사이 출신이라고

할 수 있다"라고 밝힌 적이 있다. 덧붙이자면 어머니인 무라카미 미유키도 하루키가 태어나기 전까지는 국어교사였다.

부친과의 관계가 주목을 받게 된 것은 극히 최근의 일이다. 2007년 두 차례에 걸친 해외 인터뷰가 소개되며 반향을 불러일으켰다.

그중 하나가 중국문학 전문가 후지이 쇼조가 소개한 타이완의 신문 인터뷰다. 하루키는 인터뷰를 통해 다음과 같이 말했다.

"나의 아버지는 승려인데, 집안 대대로 절의 주지를 맡아왔던 터라 교사 출신인 아버지도 가문을 이어받아 절의 주지가 되셨습니다."

다른 하나는 미국문학 전문가 도코 고지가 소개한 체코의 영자신문 인터뷰다.

"아버지는 교사이며 승려였습니다. 나는 어린 시절에 그러한 환경의 영향을 강하게 받았지요. 그 영향에서 벗어나려고 애써왔지만 지금도 여전히 마음속에 남아 있습니다. 자신의 어린 시절로부터 도망친다는 건 불가능하답니다."

하루키는 아무래도 해외에 나가면 기분이 홀가분해지면서 자신에 대한 여러 가지 이야기를 하게 되는 모양이다. 그중에 "자신의 어린 시절로부터 도망친다는 건 불가능하답니다"라는 이야기는 하루키 '마음'의 세계를 더 깊이 알고자 하는 독자들에게는 중요한 대목이라고 생각한다.

2009년 이스라엘의 '예루살렘상' 수상식 연설에서 하루키가 아버지의 인상에 관해 이야기하면서 부자 관계는 더욱이 주목을 받았다.

"아버지는 작년에 구십 세의 연세로 돌아가셨습니다. 은퇴한 교사이자 승려였습니다."

"전후 세대인 나는 매일 아침식사 전에, 아버지가 불단을 향해 오랜 시간 공을 들여 경문을 외우시는 모습을 봤습니다. 하루는 아버지에게 왜 그렇게 하시는 건지 물었지요. 그러자 전쟁터에서 죽은 사람들을 위해 경문을 외우고 있다고 대답하셨습니다. 아버지는 적과 아군을 구분하지 않고 모든 전사자를 위해 기도하셨던 거죠. 나는 불단 앞에서 무릎을 꿇고 있는 그 뒷모습을 보면서, 아버지 주변에 떠도는 죽음의 그림자를 느낀 것 같았습니다."

하루키의 아버지는 젊은 시절 군인의 신분으로 중국에 파견되어 많은 사람의 죽음을 지켜봤다. 그래서 그 모든 죽은 이를 기리기 위해 하루도 빠짐없이 경문을 외웠던 것이다. 그리고 매일 아침 그 뒷모습을 보며 자란 소년이 하루키였다. 그 영향력이란 상상하기조차 쉽지 않다.

일반적으로 승려의 아들, 특히 하루키와 같은 외아들이라면 승려 교육을 받고 가문을 잇는 경우가 많다. 그러나 하루키가 승려가 되지 않았던 것은, 아버지는 승려이긴 했지만 단가(檀家, 절에 장례식 등 불사 일체를 맡기고, 시주를 하여 절의 재정을 돕는 집이나 신도)의 보시로 생활하는 소위 '단가 절'의 주지가 아니었기 때문이다. 뿐만 아니라 중국으로 종군을 떠났다가 살아 돌아온 전쟁 세대에게 전쟁 이후의 삶은 여분의 인생과도 같았기 때문에, 아들만은 자유롭게 살길 바라는 아버지의 넉넉한 마음이 있었던 것일지도 모른다.

교사로서도 여유로운 성격을 유감없이 드러냈던 것인지, 무라카미 치아키 선생님에 대한 추억을 인터넷에 올린 고요가쿠인의 제자들에 따르면, 성품도 온화하고 수업이나 시험 때조차 너무나 자유로워서 오히려 학생들이 당황하기도 했다고 한다. 참고로 평론가인 가라타니 고진도 고요가쿠인의 졸업생이니, 어쩌면 치아키 선생님 밑에서 배웠을지도 모른다. 그런데 지금은 가라타니 고진이 하루키를 비판하는 입장에 있다니 흥미로운 일이다.

이러한 성격의 아버지 밑에서 소년 시절의 하루키가 배운 것은 경문이 아니라 피아노였다.

하루키가 서양음악을 사랑했던 배경에는 물론 고베 지역(고베는 역사적으로 외래문물이 유입된 항구로, 국제적인 무역항이다 – 편집자)이 갖는 특유의 서양식 감각도 있었겠지만, 피아노와 함께 자랐던 환경도 한몫하고 있을 것이다. 하루키는 지금도 집에서 가끔 피아노를 연주하며, 재즈 악보에 직접 코드를 붙여 고쳐볼 때도 있다고 한다. 그리고 그는 클래식 음악에도 상당히 조예가 깊은데 이 역시 피아노를 배웠던 것과 연관이 있다.

하루키의 소설에서 느껴지는 회고적인 분위기 역시 재즈와 클래식이라는 회고적인 음악이 언제나 바탕에 깔려있기 때문일 것이다.

아버지인 무라카미 치아키는 특히 고전을 좋아했는데, 절에서 자란 덕분에 엄청난 독서광이 될 수 있었다고 한다. 일본의 고전뿐만 아니라, 가와데쇼보에서 출간한 《세계문학전집》이나 주오코론샤의 《세계의 역사》까지도 소장하고 있었던 아버지 덕분에, 어린 하루키는 그 책들을 독파하며 세계의 문학과 역사에 눈을 뜰 수 있었다.

책을 좋아하는 부친은 아들의 독서에도 돈을 아끼지 않아서 하루키는 근처 서점에서 '외상으로 책 구입하기'가 가능했다. 앞서 설명했다시피 부친에게는 전쟁 세대 특유의 넉넉한 마음이 있어서, 만화나 주간지만 아니라면 어떤 책이든 자유롭게 살 수 있도록 허락했다고 한다. 이렇게 하루키는 다양한 책에 관심이 있는, 본인의 표현에 따르자면 "어엿한 독서소년"으로 자랐다.

하루키는 자신의 어린 시절에 대해 스스로,

"지극히 평범하게 사는 지극히 평범한 아이였다"라고 말했지만 그래도 특징은 있다. '승려의 아들'이며 '피아노 소년'이자 '독서소년', 그리고 나중에 자세히 이야기하겠지만 전후의 베이비붐 세대(단카이 세대)에서는 보기 드문 '외아들'이었다는 점이다.

과연 '평범한 아이'였다고 단정할 수 있을까……?

폭풍 속의 청춘

하루키가 다닌 아시야 시립 세도 중학교는 자택 옆 택지지구 안에 위치한 학교였다. 고등학교는 효고 현립 고베 고등학교에 다녔다. 고베 고등학교는 전쟁이 끝나면서 고베 다이이치 중학교와 다이이치 여고가 합병하여 설립한 공학학교로, 지금도 명문 진학교로 명성이 높다. 고베의 마야산에서 가까운 고지대에 위치하는데, 하루키는 전철과 버스로 통학했다.

고교 시절에는 공립학교답게 생활지도가 그다지 엄하지 않아서 하루키도 몰래 담배를 피우거나 밤새워 마작을 하거나 하며, 다른 학생들과 마찬가지로 자유로운 학창시절을 보냈다고 한다. 당시 주로 놀러 다닌 곳은 산노미야 일대였다.

대학 수험생이 되어서는, 많은 수험생이 지망하고 아버지도 바랐던 국립대학에 지원했지만 떨어지면서 일 년간 재수를 했다.

그리고 1968년 4월이 되었다. 열아홉 살의 하루키는 도쿄로 올라와 와세다 대학 제1문학부 연극과에 입학했다.

이 연극과는 연기자를 꿈꾸는 학생과 영화 제작을 희망하는 학생으로 나뉘는데, 훗날 애니메이션이나 만화업계에서 활약한 졸업생도 여럿 배출했다. 말하자면 와세다 대학 연극과는, 지금은 많은 대학에서 두고 있는 대중문화 중심의 문화 관련 학과나 전공분야의 선구적인 곳이었다.

하루키는 영화 제작을 희망했다.

그러나 마침 시대는 '전공투(全共鬪)'나 시민운동으로 대표되는 '젊은이들의 반란'의 계절에 접어들고 있었다. 그중에서도 와세다 대학의 분쟁은 유난히 거셌다.

당시 상황에 대해 잠시 설명을 덧붙이자면, '전공투'는 한 정치 당파가 주도하는 이른바 '학생운동' 조직과는 전혀 다르며, 무당파의 일시적인 운동으로 조직이 존재하지 않는 것이 특징이었다. 소위 일종의 '제멋대로 무리'로, 자신의 학교나 회사에 비판적인 젊은이는 누구든 마음대로 'ㅇㅇㅇ전공투'라고 자칭할 수 있었다.

단, 헬멧만은 어디서나 공통으로 착용했는데, 건설용 노란색 헬멧을 구입해서 좋아하는 색을 칠하고 마음에 드는 무늬를 그려 넣는 게 일반적이었다.

시내 공원에서 열린 전공투 전국대회에 가본 적이 있는데, 그야말로 가지각색의 헬멧을 볼 수 있었다. 학교의 상징 컬러를 바탕으로 넣기도 하는데 가령, 도쿄 대학교는 담청색, 와세다 대학교는 적갈색, 메이지 대학교는 남보라색, 니혼 대학교는 담홍색 등으로 바탕을 칠하고 그 위에 꽃이나 용, 해골 등 좋아하는 그림을 그려 넣었다.

학생 운동가들처럼 마스크나 수건으로 얼굴을 가리는 사람은 드물었다. 가장 재밌었던 것은 '도쿄대학 문과 1학년 5조 전공투'라고 헬멧에 써서 자신들의 '신원'을 밝히는 다섯 명 정도의 그룹이었다. 헬멧은 핑크색 바탕에 은색별이 가득했다. 어딘가 소녀만화 분위기가 물씬 풍기는 무리였다.

와세다 대학의 전공투는 니혼 대학의 전공투와 함께 회장 전체를 압도하는 인원수를 자랑했다. 교가인 '도시의 서북(都の西北)'을 부르는 그룹도 있었다.

대규모 전공투 무리가 집결한 와세다 대학은 대혼란에 휩싸이고 있었다. 와세다 대학의 전공투 학생들은 학생자치회를 반대하는 운동을 전개했고, 학생자치회를 지키는 그룹(가쿠마루 파)은 자신들의 성(城)을 지키기 위해 전국 규모로 동료를 불러 모으면서, 두 개의 대집단이 학교 안에서 격돌하는 소동이 벌어진 것이다.

그렇다면 하루키는 어떠했을까.

하루키가 입학하고 육 개월 동안은 와세다 대학도 아직 조용했다.

하루키는 도쿄로 올라와 부모님의 도움으로 '와케이주쿠'라는 학생기숙사에 들어갔다. 와케이주쿠는 지금도 400명 이상의 남학생이 생활하는 규모가 큰 학생기숙사인데, 규칙이 엄하기로 유명했으며 하루키의 말에 따르면 당시의 경영자는 '우익이었다'고 한다. 이 기숙사는 《노르웨이의 숲》에서 '나'와 '돌격대'가 함께 방을 쓰던 학생기숙사의 모델이다.

와케이주쿠 기숙사에서는 여러 대학의 남학생들이 생활했는데, 위치상 가장 가까운 대학은 와세다 대학이었다. 걸어서 채 십 분이 걸리지 않으며 달리기로는 몇 분이면 도착하는 거리다.

가까워서 편리하긴 했지만 다른 문제가 생겼다. 부모 곁을 떠난 하루키는 곧바로 자유로운 대학 생활에 푹 빠져들었고, 학교 근처에서 술을 마시는 횟수가 잦아진 것이다. 기숙사까지 걸어서 갈 수 있다는 편안함에 그만 과음을 하기도 했다. 거나하게 취해 니혼 여대의 간판을 훔치러 갔다가 경찰에게 쫓기거나, 만취한 몸을 가누지 못하여 들것 대신 학교의 입간판에 들려 기숙사로 옮겨지곤 했다. 그리고 결국은 '행실불량'이라는 이유로 반년 만에 기숙사에서 쫓겨나게 되었다.

그런 이유로 이사할 집을 물색했지만, 대학 근처나 JR야마노테 선의 다카다노바바 역 근처는 월세가 꽤 비쌌다. 대학 학생과의 소개로 간신히 찾아낸 곳은 세부신주쿠 선 도리쓰카세이 역에서 도보 십오 분 거리에 있는, 권리금과 보증금 없이 월세 사천오백 엔인 다다미 3조 크기의 아파트였다.

당시 시세로서도 터무니없이 싼 금액이었으니만큼, 남들에게 그다지 자랑할 만한 방은 아니었을 것이다. 그러나 하루키는 이곳에서 생전 처음으로 '혼자만'의 자유로운 삶을 얻을 수 있었다.

거처를 옮김과 동시에 학교에는 발길이 뜸해지기 시작했다. 집을 나와 세부신주쿠 선을 타고 다카다노바바 역까지 가서, 다시 '와세다 대학 정문 행' 스쿨버스를 타고 학교까지 가자면 한 시간은 족히 걸렸던 것이다.

마침 대학이 들썩이기 시작할 무렵이기도 했다. 모든 대학에서 소동이 일어나고 이에 가담하지 않는 학생들은 번화가로 몰렸다. 하루키도 학교에는 거의 가지 않고, 아르바이트를 하거나 영화를 보거나 신주쿠의 재즈 카페 '피트 인' 등에 틀어박혀 시간을 보내곤 했다.

특히 영화는 그의 전공이기도 하여 일 년 사이에 200편 이상의 영화를 봤다고 한다. 당시에는 DVD는커녕 비디오도 없던 시절이라 영화는 극장에서만 볼 수 있었다. 그러니 '200편 이상'이란 것은 엄청난 숫자라고 할 수 있다. 하루키는 주로 고전 영화를 상영하는 소위 '명화극장'(한 회당 두세 편의 고전 영화를 상영하는 상영관)에 다녔다고 하지만 그래도 비용은 무시할 수 없었을 것이다.

그는 레코드 가게나 재즈 카페 등에서 아르바이트를 하며 용돈을 벌었는데, 일을 한다고 해도 가끔은 돈이 바닥나기도 했다. 돈이 떨어지면 그는 학교 연극박물관을 찾아 오래된 영화 잡지에 실린 시나리오를 닥치는 대로 읽었다고 한다.

"시나리오 읽기는 일단 익숙해지면 상당히 재미있다. 본 적이 없는 영화의 경우에는 머릿속으로 시나리오에 맞게 나만의 영화를 만들어낼 수 있기 때문이다."

즉, 영화박물관은 하루키에게 무료 영화관이었던 셈이다.

와세다 대학이 큰 요동에 휘말리던 1969년 봄, 하루키는 두 번째 이사를 한다. 이번에는 주오 선의 미타카 역에서 꽤 떨어진 아파트의 2층 구석방으로, 부엌도 딸려 있는 6조 크기의 방인데 월세는 칠천오백 엔이었다. 역시 당시 시세치고는 쌌지만, 다다미 3조 크기의 어둑한 이전의 방에 비하면 공간이 두 배로 넓어 꽤 살 만했다. 길고양이인 '피터'도 방에서 키울 수 있었다.

　사는 곳은 쾌적해졌지만 대학과는 점점 더 멀어지면서 발길도 더욱 뜸해졌다. 대학의 안팎에서 하루가 멀다고 학생들의 건물 봉쇄나 데모, 집회가 열렸지만, 하루키는 참가하지 않았다. 그는 누가 뭐래도 '혼자'를 좋아하는 사람이며 '무리를 만드는' 것을 상당히 싫어했다. 교가인 '도시의 서북'을 한 번도 부른 적이 없다고 하니, 와세다 대학에서는 보기 드문 타입이었는지도 모른다.

　그러나 이러한 '젊은이들의 반란'의 계절을 경험한 것은 청춘 하루키의 심리에 커다란 영향을 끼친 것만은 확실했다. 그는 당시 많은 학생과 마찬가지로 수업에도 거의 나가지 않고 제대로 된 취업활동도 하지 않았다. 여전히 레코드 가게 등에서 아르바이트를 하거나 영화나 음악 감상, 독서 등으로 시간을 소비했다. 그리고 머지않아 결혼식을 올리게 될 여자 친구 '다카하시 요코'와의 교제도 깊어졌다. 즉, '시대'의 분위기를 만끽하고 있었던 것이다.

학생부부의 탄생

하루키는 미타카의 아파트에서 2년 동안 살다가, 1971년에 고이시카와 식물원에서 가까운 분쿄 구의 센고쿠로 이사했다. 다카하시 요코와 정식으로 결혼했기 때문이다. 센고쿠의 보금 자리는 침구점을 운영하는 아내 요코의 친정집에 마련했다. 일 종의 '데릴사위'와 같은 경우라고 할 수 있다.

하루키는 자신의 책과 레코드, 옷가지와 고양이 피터를 침구 점 트럭에 싣고 옮겼다.

다카하시 요코 즉, 현재의 무라카미 요코는 가톨릭 중고등학 교 '명문여학교'를 졸업하고 와세다 대학교 국문과에 입학(졸업 논문 주제는 나쓰메 소세키)했는데, 하루키와는 동갑이다. 인터넷에 올 라온 사진상으로는 단정한 분위기와 지적인 용모의 여성이다.

아내 요코는 하루키의 업무와 자산을 관리하는 유능한 매니 저이자, 하루키 작품에 대한 훌륭한 비평가 겸 조언자로 오랜 시간 하루키의 일과 생활을 뒷받침해온 인물이다. 디자이너와 사진가로서 작업에 직접 참여하기도 했다.《먼 북소리》와《하루키 일상의 여백》의 고양이나 앨버트로스의 사진,《무라카미 하루키의 위스키 성지여행》에 실린 많은 사진 등은 나도 상당히 마음에 든다.

뿐만 아니라 직접 사진집《바람이 부는 대로》와 익명의 잡담집《그 사람과 이야기한 근사한 일본어》등을 발표하기도 했다. 다방면으로 유능한 인물이다.

하루키의 이야기로는 두 사람의 만남은 우연이었다. 대학 입학 후 첫 수업이 있던 강의실에서, 학과는 다르지만 옆자리에 앉은 다카하시 요코가 '제국주의가 뭐야?'라고 질문한 것이 처음이었다고 한다.

당시 와세다 대학에서는 학생운동이 한창이었는데, 특히 새 학기의 4월이면 운동권 학생들이 입회 신입생을 모집하기 위해 직접 강의실로 찾아왔다. 그리고 교수에게 '오늘은 토론회를 하도록 하겠습니다'라고 양해를 구하면 교수는 '알겠다'는 표정으로 바로 자리에서 물러났다. 그때부터 '토론회'라고 부르는 학생운동의 선전이 시작되는 것이다. 그날의 주제는 '미국 제국주의의 아시아 침략'이었다. 요코가 질문을 하게 된 이유다.

그런데 정확하게는 '베테가 뭐야?'라고 물었던 게 아니었나 싶다. '베테'란 '미제(米帝)', 즉 미국 제국주의를 가리키는 좌익의 상용어였다. 요코는 '잡담집'에서 학창시절을 회상하는 중에 여러 번 '베테'라는 단어를 입에 올리며 "선배들이 그렇게 말했지. 오거나이저라고 하나? 후배나 신입생을 설득해서 끌어들일 때 말이야"라고 했는데, 꽤 기억에 남는 말이었던 모양이다.

앞서 말했지만 하루키는 주오코론샤의 《세계의 역사》의 애독자였으며, 대학 입학 당시에도 영어·국어·세계사의 세 교과목으로 입학시험을 치렀다. 또 고교 시절에는 《마르크스·엥겔스 전집》을 몇 권인가 사서 읽었기 때문에 요코의 질문에는 별 어려움 없이 대답할 수 있었던 듯하다. 그 뒤로는 조금씩 가까워지며 스스럼없이 이야기를 나누게 되었다.

하루키는 이후 상황에 대해서 침묵을 지키는 편이다. 대학 2학년 무렵까지는 다른 여자 친구가 있었기 때문에 아내 요코와는 '편한 친구로 지냈다'고 하는데, 그녀와 교제하게 된 사연이나 결혼에 이르는 과정에 대해서는 입을 다물고 있다.

나름의 우여곡절이 있었을 것이라고는 상상할 수 있다. 시대는 1971년이라는 격동의 시대로, 이듬해에는 가미무라 가즈오의 만화 《동거시대(同棲時代)》가 젊은이들 사이에서 붐을 일으키는 분위기였다. 그러나 하루키와 요코에게는 두 사람의 관계를 확고히 하려는 강한 의지가 있었기에, 부모의 반대를 무릅

쓰고 '상당히 이른' 결혼에 성공하며 학생부부의 탄생을 알렸
을 것이다.

재즈 카페 시절

하루키 부부는 이후에 고쿠분지로 이사를 하고, 1974년에 부부가 함께 재즈 카페를 열었다. 지금 같으면 와세다 대학 문학부 학생(하루키는 다음 해인 1975년에 졸업)과 졸업생(아내 요코는 전년도에 졸업) 부부가 장사를 시작했다는 것을 신기하게 보는 사람도 있을지 모른다. 그러나 이 시대에는 흔한 케이스였다.

이 무렵은 대학 중퇴자의 비율이 가장 높았던 시대라고 할 수 있다. '대학 해체'를 외치던 전공투 학생들의 눈에는, 경찰 부대가 개입하여 '평화를 되찾은' 대학은 '눈속임'으로만 보였다. 그래서 대학을 그만두고 고향으로 돌아가거나, 아르바이트 가게에 눌러앉거나, 혹은 작은 장사를 시작하며 인생의 방향을 전환하는 사람들이 많았다.

그래서 부부가 함께 재즈 카페를 경영한다는 것에 별다른 위화감은 없었을 것이다. 하루키는 신주쿠의 재즈 카페에서 오랜 시간 아르바이트를 했던 경험이 있어서 대략적인 경영 방법을 파악하고 있었고, 파트너인 아내 요코도 친정이 가게를 운영했기 때문에 장사에 대해서는 어느 정도 알고 있었다. 문제는 창업 자금이었다. 카페를 열기에는 두 사람이 가진 돈만으로는 턱없이 부족했다.

신주쿠에서 서쪽으로 주오 선을 따라 고엔지, 기치조지, 고쿠분지 일대는 포크 음악이나 재즈 음악이 번성한 거리였다. 하루키 부부가 고른 장소는 고쿠분지 역 남쪽 출입구에 위치한 낡은 빌딩 지하의 20평 남짓한 공간이었다. 카페 이름은 하루키가 미타카에 살던 시절부터 키우던 고양이 '피터'의 이름에서 따와 '피터 캣'이라고 붙였다.

가게 권리금을 지불하고 '싸구려' 업라이트 피아노와 재즈 카페에 두기에는 결코 크지 않은 사이즈의 스피커를 설치했다. 그리고 구색에 맞게 레코드를 갖추고 찻잔과 컵 등의 식기와 조리기구, 테이블과 의자, 카운터, 조명기구 등을 마련해 그런대로 가게의 분위기를 갖추고 나니 그것만으로도 500만 엔이 들었다. 에어컨까지는 살 여유가 없어서 낡은 에어컨을 그대로 사용했기 때문에 냉방 상태는 그다지 좋지 않았다.

당시의 500만 엔이면 요즘 시세는 얼마나 되는지 커피 가격으로 계산해 보자. 고쿠분지 '피터 캣'의 커피 가격은 3백 엔이었는데, 요즘 재즈 카페에서는 두 배 정도이니 대략 환산해보면 지금의 1천만 엔 정도(원화로는 약 1억여 원 - 옮긴이)의 가치를 갖는 금액이다. 20대 중반의 커플에게는 꽤 큰돈이다.

하루키의 얘기로는 반쯤은 자신들의 돈으로 감당하고 나머지 반은 양가의 부모에게 빌렸다고 한다. 두 사람은 빚을 갚기 위해서라도 열심히 일했다. 카페에서는 낮에는 주로 차를 팔고 밤에는 청주나 맥주도 팔았다. 일요일에는 젊은 뮤지션들이 라이브 공연을 열기도 했다. 하루키는 카운터 안쪽에서 음료나 스낵을 만들고, 아내 요코는 손님 응대나 계산을 담당했다.

이 무렵의 하루키는 너무 바빠 글을 쓸 겨를이 없었다. 시간이 나면 카운터에 앉아 책을 읽는 정도가 고작이었다. 하루키가 직접 이야기한 이 시절의 심경은 다음과 같다.

"아마도 나는 매일 좋아하는 음악을 들으며 고쿠분지의 재즈 카페 주인장으로 조용히 인생을 마감하겠지, 하고 생각했습니다."

하지만 그렇게 되지는 않았다. 인생이란 참으로 알 수 없는 것이다.

가게는 꽤 번창했던 모양이었다. 고쿠분지 역 주변으로는 대학들이 밀집해 있었다. 작가가 되기 전의 무라카미 류도 당시 다니던 무사시노 미술대학으로 통학하는 길에 고쿠분지 역에 내려서 자주 가게를 찾곤 했다고 한다. 재즈를 좋아하는 무라카미 류가 아마도 히피 같은 차림으로.

하지만 고쿠분지의 가게는 빌딩의 재건축 문제로 사실상 일년 반 만에 문을 닫았다. '피터 캣'은 1977년, 센다가야로 자리를 옮겨 새로이 문을 열었다. 가게는 센다가야 역 남쪽 출구에서 걸어서 오 분 정도의 거리에 있는 빌딩 2층에 자리했다. 국립 경기장 옆으로, 젊은이들이 많은 지역이다. 하루키 부부는 가게 옆 맨션으로 집을 옮겼다.

이번 가게는 고쿠분지의 가게보다 훨씬 넓어서 그랜드 피아노를 놓고 재즈 5중주단이 연주할 수 있는 공간도 만들었다. 커다란 스피커를 설치하고 재즈 LP는 3천 장 정도를 갖추었다. 재즈 음반이 많았으며, 물론 하루키 취향의 색소폰 연주자 스탄 게츠(Stan Getz, 미국의 재즈 테너색소폰 연주자 - 옮긴이)의 레코드는 거의 갖추고 있었다. 오전 11시부터 밤 12시까지 하루 13시간 영업으로, 낮에는 카페였지만 밤에는 바(Bar)로 변신해 피아노 라이브 연주도 하고, 주말에는 재즈 라이브 공연도 했다. 아르바이트 종업원도 고용했다.

1980년에 찍은 가게의 사진을 보면 분위기가 무척이나 밝다. 담배 연기가 자욱하게 깔려 있던 고쿠분지 지하의 가게와는 천지 차이이다. 커다란 유리창 너머로는 메이지 신궁 정원의 풍성한 녹음이 보인다. 테이블과 카운터 위에는 고양이가 테마인 다양한 소품이 놓여 있다. 그리고 창가 테이블에는 반팔 티셔츠 차림의 주인장 하루키가 '매일 롤 캐비지(양배추 잎을 데쳐 다진 쇠고기·돼지고기 등을 넣고 말아 수프에 끓인 요리 - 옮긴이)를 몇십 개씩 만들어서' 지겹다는 느낌으로 앉아 가게 안 어딘가를 멍하니 바라보고 있다.

주인장 부부가 와세다 대학 문학부 출신이라는 점 때문인지 편집자나 작가도 자주 찾아왔다. 당시 아쿠타가와상 수상작가로 인기가 높았던 나카가미 겐지도 〈유레카〉(시와 비평 중심의 예술 종합잡지 - 옮긴이)와 〈카이에〉(새로운 문학을 주로 다루는 문학잡지 - 옮긴이)의 편집장이었던 오노 요시에의 소개로 가게에 왔었다고 한다. 나카가미 겐지 역시 재즈를 좋아했다. 훗날 하루키와의 대담에서 둘의 대화는 꽤 흥미롭다.

나카가미 "자네는 손님들과 얘기를 나눈 적이 거의 없지 않았나?"

무라카미 "그렇지 않습니다. 원래 말수가 적은 편이지만 일이니만큼 그러면 안 된다고 생각했죠. 다들 상당히 무뚝뚝하다고 하지만 저로서는 최대한 상냥하게 대하려 했거든요."

나카가미 "당시에 신인상을 받았던가?"

무라카미 "아니요, 받기 전이었습니다."

나카가미 "사람 정말 무뚝뚝하구먼, 하고 생각했다네…."

무라카미 "나카가미 씨야말로 무서웠는걸요(웃음)."

그런데 이렇게 구색을 제대로 갖춘 가게를 열기 위한 비용은 어떻게 마련했을까.

《바람의 노래를 들어라》로 신인상을 받은 직후인 1979년에 있었던 '아사히신문'과의 인터뷰에서 그는 다음과 같이 말했다.

"그 정도 가게를 마련하기 위해 정말 큰돈을 빌렸죠. 은행을 돌며 어느 정도 정리는 했지만 아직 꽤 남아있습니다."

하루키는 인터뷰했을 당시에도 '흰색 앞치마를 두르고 유리잔을 닦고 있었다'는 셈이다. 빚을 갚기 위해 그야말로 눈코 뜰 새 없이 바쁜 일상을 보냈던 것이다.

그리고 이 무렵 일상에 대해 그는 이렇게 회상한다.

"가게 일을 하다가 삼십 분이나 한 시간 정도 짬을 내 원고지 앞에 앉아, 피곤함에 찌든 몸으로 시간과 경쟁하듯 펜을 내달렸다."

"가게를 운영하며(장부 정리에 재료 구매, 종업원 스케줄 조정 등) 하루도 빠짐없이 카운터 안에서 칵테일과 요리를 만들고, 늦은 밤에 가게 문을 닫고 돌아와 잠들기 전까지 테이블에서 원고를 쓰는 생활을 삼 년 가까이 계속했다. 다른 사람의 두 배의 인생을 사는 기분이었다."

그렇게까지 애를 쓰며 소설을 계속 쓰게 만든 원동력은 대체 무엇이었을까.

고양이들의
이력서

　'피터 캣'이라는 가게 이름은 하루키가 키우던 고양이 '피터'에서 유래되었다는 이야기는 이미 한 바 있다. 그렇다면 피터는 어떤 고양이었을까.

　피터는 얼룩무늬 고양이 계통의 수고양이로 1970년생이다. 아직 새끼고양이었을 시절부터 하루키가 미타카 아파트에서 키우기 시작했다.

　"밤늦게 아르바이트를 마치고 돌아오는데 야옹야옹 거리며 아파트까지 멋대로 쫄래쫄래 쫓아왔다."

　피터라는 이름은 라디오를 듣다가 '피터라는 애완고양이를 잃어버려서 쓸쓸하다'라는 청취자 사연을 듣고 충동적으로 붙여줬다고 한다. 그야말로 하루키답게 적당히 붙인 이름이다.

　하루키의 설명을 따르면 피터는,

　"페르시안 고양이와 얼룩무늬 고양이의 혼혈로 덩치가 개만큼 큰 수고양이였다"고 한다.

하루키가 분쿄 구에 있는 아내의 친정집으로 이사할 때 장인이 '이불에 고양이 털이 달라붙는다'며 반대를 했지만, 두고 오자니 불쌍하다고 생각한 아내의 허락으로 피터도 이삿짐 트럭을 타고 하루키와 함께 이사할 수 있었다.

미타카 시절의 피터는 하루키가 여름 방학을 맞아 고향으로 내려가고 없으면 집 밖을 다니며 새나 두더지 새끼를 잡아먹거나, 남의 집 부엌에 들어가 음식을 훔쳐 먹으며 '독립생활'을 만끽했다. 그리고 하루키가 돌아오면 다시 애완고양이로 바뀌는 '도둑고양이' 경력을 지닌 자립적인 고양이였다.

하지만 이 경력은 분쿄 구에서 나쁜 결과를 낳고 말았다.

"피터는 끝내 도시생활에 적응하지 못했다. 가장 곤란했던 건 끊임없이 근처 상점에서 물건을 훔쳐왔던 일이다."

이웃집 부엌에 들어가 생선이나 고기를 물어오기도 했다. '다카하시 댁 고양이는 정말 말썽쟁이네요'라는 이야기를 듣는 일도 있었다.

그러나 피터로서는 예전부터 해오던 정당한 행위였기 때문에 그게 왜 나쁜 일인지 이해하지 못했다.

"얼마 뒤 고양이도 가치관에 혼란이 왔는지 만성적인 신경성 설사병에 걸렸다."

'독립생활'로 익힌 행동을 비난받으며 노이로제에 걸려버린 문제아 피터는 결국 사이타마 현의 지인에게 맡겨지게 되었다. 그리고 오래지 않아 그 집에서도 가출하여 끝내 돌아오지 않았다고 한다.

가게 간판에까지 이름을 올렸던 고양이의 다소 안타까운 결말이다. 역시 피터에게는 고향인 '미타카의 숲'이 최고가 아니었을까.

고양이는 외아들이었던 하루키에게 어린 시절부터 가장 친근한 '동료'였다. 결혼 후에도 아이를 갖지 않았기 때문에 고양이가 곧 '가족'이었다.

참고로 하루키는 이들 부부가 아이를 갖지 않았던 이유에 대해 이렇게 말했다.

"우리는 아이를 갖는 게 좋을까 고민했던 시기도 있었지만, 가게를 운영하면서는 여유도 없었고 그러다가 나도 아내도 점점 생활 패턴이랄지 스타일이 굳어져 버렸지요."

"특히 나 같은 직업을 가진 사람은 집에서 위태위태하게 일을 합니다. 그런 상황에서는 아이를 잘 키울 자신이 점점 줄어들지요. 의외로 생활 패턴을 확실하게 정해서 지키는 타입이라 새로운 패턴이 개입하는 것에는 익숙하지 않거든요."

요컨대 작가생활을 우선시한 것이다. 하루키의 작품세계는 자신의 아이를 만들지 않겠다는 마음에서 출발했다고 볼 수 있을지도 모른다.

고양이는 가족일 뿐 아니라 작가의 작업을 돕는 '조수'가 되기도 한다.

일반적으로 작가들은 괴로울 때 동물 이야기로 눈을 돌리는 경향이 있는데, 나쓰메 소세키의 〈문조〉라든지, 모리 오가이의 《기러기》, 시가 나오야의 〈기노사키에서〉, 시마키 겐사쿠의 〈송장개구리〉 등 '괴로움 끝에 완성된' 명작이 많다. 하루키 역시도 다음과 같이 말하고 있다.

"이야깃거리가 바닥나 난처할 때가 있지요. 아무 생각도 나지 않는. 그럴 때는 동물을 소재로 써보기를 추천합니다. 나는 '힘들 때 동물에게 의지하기'라고 생각하죠."

그래서 하루키의 작품 중에는 동물을 다룬 이야기가 많다. 고양이, 양, 코끼리, 원숭이, 개, 말, 캥거루, 바다사자, 까마귀, 개구리, 지렁이, 반딧불이……. 특히 고양이가 압도적이다. 단편 〈인육 먹는 고양이〉라든지 그림책 《둥실둥실》 등. 장편소설 《태엽 감는 새》에서 '나'가 가출한 고양이를 찾아다니는 정경과 《해변의 카프카》에서의 '나카타'와 고양이의 대화 등 인상적인 장면에는 고양이가 자주 등장한다. 하루키에게는 '힘들 때 고양이에게 의지하기'인 셈일지 모른다.

이렇듯 '가족'이자 '조수'인 중요한 존재이기에 하루키의 곁에는 언제나 고양이가 있었다. 하루키는 데뷔한 지 10년이 되는 해에, 도쿄로 올라온 이후부터 키운 고양이들의 리스트를 만들었다.

- 죽은 고양이 … 기린, 부치, 선댄스, 시마네코, 스코티
- 다른 사람에게 준 고양이 … 미케, 피터
- 자연스럽게 사라진 고양이 … 구로, 도비마루
- 현재 키우고 있는 고양이 … 뮤즈, 고로케

이렇게 보면 하루키답게 상당히 단순하고 대충 붙인 이름이 많다.

종류나 색에 따라 그대로 이름을 붙인 고양이는 '스코티'(스코티시폴드 종), '시마네코'(줄무늬 고양이), '미케'(흰색·검정·갈색 털이 섞인 고양이), '구로'(검은색 고양이), '고로케'(갈색) 등이다.

나머지는 고양이의 성격을 반영한 듯하다. '부치'와 '선댄스'는 두 마리 모두 수고양이인데, 원래는 영화 〈내일을 향해 쏴라!〉에 나오는 실존했던 2인조 강도의 이름이다. '도비마루'는 만화에 나오는 소년 닌자 '도비마루'에서, '뮤즈'는 소녀만화 《유리성》의 과격한 성격의 아가씨 '뮤즈'에서 가져왔다.

그러고 보면 하루키 소설에 등장하는 고양이의 이름도 상당

히 단순하다. 물고기 이름인 '이와시'(정어리), '사와라'(삼치), '도로'(다랑어 살의 한 부위)와 사람 이름인 '와타나베 노보루'(하루키 작품에 삽화를 그린 일러스트레이터 안자이 미즈마루의 본명 – 옮긴이)', '와타야 노보루' 그리고 '오오쓰카'와 '가와무라' 등.

이 리스트 중에 나름대로 가장 신경 쓴 이름은 '기린'이다. 작가 무라카미 류에게 받은 고양이인데, 류의 한자인 '용(龍)'에서 힌트를 얻어 '기린(麒麟)'(발 달린 용처럼 생긴 상상의 동물 – 편집자)이라고 붙였다. '기린'은 병에 걸려 요절했는데 업자를 시켜 화장하고 그 뼈를 작은 항아리에 담아 가미다나(집안의 수호신을 모시는 단 – 옮긴이)에 모셨다고 한다. 고풍스러운 방법인데, 무라카미 류에 대한 일종의 예의를 다하고자 했는지도 모른다.

이 고양이들 중에 하루키와 가장 친한 동료로는 '피터'와 '뮤즈'를 꼽을 수 있다. '피터'는 가게 이름으로 쓸 만큼 하루키에게는 '1순위 고양이'이며, '뮤즈'는 함께 조깅을 즐기거나 무릎에 올려놓고 소설을 쓸 정도로 친밀한 상대였기 때문에 아마도 '2순위 고양이'일 것이다.

'기린'을 작은 수호신으로 삼은 만큼 하루키에게 고양이는 일종의 '수호신'인지도 모른다. 독자와 교류를 나누는 웹사이트에는 '고양이 말로'라는 명탐정이 해설자로 등장했었다. '말로'는 레이먼드 챈들러의 소설에 등장하는 사립탐정 '필립 말로'에서 가져온 이름이다.

당시 하루키는 미국에 머물고 있었는데, 해외 생활 중에는 고양이를 키우기가 마땅치 않아 '고양이 기근'에 빠지는 바람에 옆집 고양이나 길고양이를 함부로 쓰다듬고 만지다가 급기야 고양이에게 물려 병원 신세까지 졌다고 한다. 그래서 궁여지책으로 자신의 웹사이트에 '말로'라는 가상의 고양이를 등장시켰을 것이다.

'고양이 말로'는 하루키의 속마음이나, 방금 내뱉은 말과는 다른 관점의 생각 등을 격언 투로 이야기한다. 그는 하루키의 '마음의 목소리'와 같은 존재이다.

고양이는 하루키의 '작은 수호신'이며, 중요한 '분신'이라고 할 수 있다.

채소와 다이어트

고양이 이야기에 이어 하루키의 일상에 관해 이야기해보자.

하루키의 식성은 유난히 독특하고 재미있다. 하루키는 생선과 채소를 중심으로 하는 식생활을 유지하고 있다. 그것도 간사이식의 '담백한 양념법'을 애용한다. 아내 요코도 "기름진 음식은 그다지 좋아하지 않아요"라고 말했으니, 하루키의 식탁에는 육류요리는 거의 오르지 않는다고 생각해도 좋을 것이다.

채소류를 상당히 좋아해서 산지 직송 채소를 매주 상자단위로 주문한다고 한다.

하루키는 스스로,

"나는 편식이 심한 사람이다"라고 했는데 못 먹는 음식이 꽤 많은 모양이다.

고기는 싫어하지만 쇠고기 스테이크만은 먹는다. "고베 출신('고베규'라는 일본 토종 육우가 유명한 곳이다 – 옮긴이)이라 어린 시절 부모님과 자주 스테이크를 먹으러 다녔다"는 게 그 이유다. 조개류 중에는 굴만 먹으며, 중화요리는 원체 몸에서 받지 않아 입에도 대지 않는다. 라멘(중국이 기원인 일본의 면 요리 - 옮긴이)은 냄새조차 맡기 싫어한다고 한다.

장어를 비롯한 생선류를 좋아하고, 맛이 깔끔한 곤약이나톳, 두부 등도 즐긴다. 어쩐지 절의 '스님' 식단 같다. 특히 두부는 교토의 고향집이 두부로 유명한 난젠지 근처라, 고향에 갈때마다 산책 삼아 근처의 두부 가게까지 가서 뜨거운 두부를즐겨 먹었다고 한다.

카레라이스는 어렸을 때부터 어머니가 자주 만들어줘서 좋아한다고 하는데, 아무래도 하루키의 식습관은 어린 시절의 영향과 가정환경이 좌우하는 게 아닌가 싶다.

하루키가 좋아하는 또 한 가지는 면류(단, 라멘은 제외)이다.

"쌀밥은 한 달쯤 안 먹어도 끄떡없지만 면 요리를 먹을 수 없다면 견디지 못할 거예요. 파스타나 메밀국수, 우동 등 어쨌거나 면류가 필요하죠. 저는 이것을 '면사랑'이라고 부릅니다."

그 때문에 하루키는 우동으로 유명한 가가와 현을 여행하거나(《하루키의 여행법》) 작품의 무대로 삼기도 하고(《해변의 카프카》), 파스타로 유명한 로마에서 오랫동안 살았던 것일 수도 있다.

채소류를 양껏 먹어 포만감을 얻는 하루키식 채식 식단에는 비타민과 미네랄이 풍부하다는 것 외에도 또 한 가지의 장점이 있다. 바로 자연스럽게 다이어트가 되는 식단이라는 점이다.

하루키는 가슴과 어깨 근육이 발달한 역삼각형의 체형으로 배에는 군살이 없다고 한다. 물론 조깅이나 이후에 시작한 트라이애슬론(수영, 사이클, 마라톤을 휴식 없이 연이어 실시하는 경기 - 옮긴이) 연습의 성과겠지만, 식습관도 크게 관련이 있을 것이다.

하루키는 다음과 같이 말했다.

"나는 방심하면 서서히 살이 오르는 체질이다. 아내는 나와는 정반대로 아무리 먹거나(양이 많지는 않지만 달콤한 음식을 즐긴다) 운동을 하지 않아도 전혀 살이 찌지 않는다."

체중은 평상시에도 늘 신경을 쓰는 모양인데,

"체중계 속에 악랄한 난쟁이가 살면서 제멋대로 숫자를 조작하고 있을 것 같아 체중계는 그다지 좋아하지 않는다"라고 말하기도 했다. 체중계 속에 난쟁이가 있을 리는 없겠지만, 어쩌면 그런 생각에서 《1Q84》의 악역인 소인 '리틀 피플'에 대한 발상이 시작되었을 수도 있다.

살이 찌는 체질은 유전적 영향일 것이다. 아버지인 무라카미 치아키는 배가 꽤 불룩하게 나온 편인데, 그의 제자였던 학생은 '무라카미 선생님은 벨트를 하기가 힘들어 멜빵을 하곤 하셨다'라고 회상했다.

즉, 하루키의 식사는 본인 식성이 바탕이지만, 한편으로는 장래에 바지 멜빵에 의존하는 일이 없도록 체형 관리 차원에서 조절한 식단이라고도 할 수 있다.

2장

달리기 시작한 날들

그래, 소설을 쓰자!

진구 구장에서의 깨달음

하루키가 소설을 쓰려고 결심한 것은 스물아홉 살을 맞이한 봄, 도쿄 센다가야의 '피터 캣' 근처인 진구 구장에서 야쿠르트 스왈로스의 개막 시합을 관람할 때였다고 한다.

"난 1978년 시즌 개막전 때 천계(天啓)를 받고 소설을 쓰기 시작했습니다. 거짓말이 아니라 실화지요. 야쿠르트-히로시마 전이었는데 야쿠르트의 투수는 야스다였습니다."

야스다 다케시는 야쿠르트의 괴짜 명물투수로, 펭귄처럼 서 있는 특이한 자세에서 직접 고안해낸 기묘한 변화구(자칭 '마구')를 던지는 것으로 유명했다. 이시이 히사이치의 만화에서 캐릭터로 쓰이기도 했다.

한편, 히로시마 카프의 개막 투수는 전년도 최다승 투수이기도 했던 다카하시 사토시였다. 센트럴리그를 대표하는 엄청난 투수다.

"야쿠르트의 선두 타자 데이브 힐튼이 2루타를 쳤는데, 그때 갑자기 번뜩 떠올랐어요. '그래, 소설을 쓰자'라고. 그리고 완성한 것이 《바람의 노래를 들어라》였습니다. 농담이 아니고요."

그런데 이때 2루타를 쳤던 데이브 힐튼은 참으로 안타까운 선수다.

이 해 야쿠르트는 히로오카 다쓰로 감독의 지휘 하에 처음으로 센트럴리그에서 우승을 하고, 더욱이 일본시리즈에서는 한큐 브레이브스를 물리치며 정상을 차지했다. 그리고 당시 신인이었던 힐튼 선수는 3할 타자로서 승리에 큰 공헌을 했다. 그러나 이듬해에 지독한 부진에 빠져 한신 타이거즈로 이적했는데, 그곳에서도 신인인 오카다 아키노부 선수(훗날 감독)와의 포지션 경쟁에서 밀려나 도중에 해고를 당하고 어디론가 사라져 버렸다.

그런데 하루키는 이때 어떻게 '천계를 받았던' 것일까. '천계' 즉, 하늘의 계시는 《바람의 노래를 들어라》에 의하면 "천사의 깃털처럼 하늘에서 내려온다"라고 하니, '천사'가 어딘가에서 진구 구장으로 '깃털'을 띄웠다고 할 수 있다.

'천사'가 등장한 이유에 대해서는 세 가지의 키워드를 중심으로 생각해 보자.

'1978년'(시대), '신인'(환경), '스물아홉 살'(나이)의 세 가지이다.

전년도인 1977년에는 신인 작가 무라카미 류가 큰 인기를 얻으며 단숨에 '유명인'에 등극했다. 고쿠분지 시절 히피 차림으로 '피터 캣'에 재즈를 들으러 왔던, '별 볼 일 없는 미대생' 무라카미 류였다. 그는 1976년에 훗날 하루키도 수상하게 되는 '군조 신인문학상'을 수상하고, 더 나아가 이시하라 신타로와 오에 겐자부로의 뒤를 잇는 '학생작가'로서 아쿠타가와상까지 받았다.

아쿠타가와상 수상작인 《한없이 투명에 가까운 블루》는 도쿄 훗사의 미군기지 거리를 무대로 삼은 소설로, 섹스와 마약에 대한 묘사가 상당히 많아 아쿠타가와상 심사위원 평가가 극단적으로 둘로 나뉘면서 드물게 투표까지 했던 작품이다. 그런 사실도 화제가 되면서 양장본 소설이 백만 부 이상 팔려나가 엄청난 베스트셀러로 기록되었다.

또한 1977년에는 하루키와 동갑인 와세다 대학 출신 작가 미타 마사히로가 아쿠타가와상을 받았다. 《나란 무엇인가》라는 소설인데, 와세다 대학의 학원투쟁 중 두 세력의 싸움에 휘말리면서 설 곳을 잃고 '난 대체 무엇인가?'라는 고뇌에 빠진 한 학생을, 샐린저의 《호밀밭의 파수꾼》이 연상되는 듯한 경쾌한 어조로 유머러스하게 묘사한 작품이었다.

1978년에는 미국의 대학에서 와세다 대학으로 옮겨온, 같은 세대의 다카하시 미치쓰나가 검도부 고교생의 생활과 심정을 묘사한 《9월의 하늘》로 아쿠타가와상을 수상했다.

드디어 와세다 대학의 '단카이 세대'가 이야기를 시작한 셈이다.

센다가야의 '피터 캣'에는 편집자와 작가가 자주 드나들었다고 했다. 따라서 카운터 안에서 일하던 하루키가 묵묵하게 그들의 이야기를 들으며 여러 가지 자극을 받았으리라는 건 충분히 상상할 수 있다. '나도 쓸 수 있지 않을까'라는 식의 느낌이다.

즉, '1978년'이라는 시대가 배경이 되고, 야쿠르트의 '신인'(데이브 힐튼)의 깜짝 안타를 보면서, 나도 '신인 작가'에 도전해보자는 속내가 의식의 표면으로 올라왔을 것이다.

'스물아홉 살'이라는 것은 그 시절 프로야구 개막을 약 삼 개월 앞둔 1월 12일에 하루키가 맞이한 나이다. 일반적으로 일본 남자들의 머릿속에는 어렸을 때부터 '서른에 자립하다'라는 공자의 말이 입력되어 있는데, 스물 여덟아홉이 되면 그 말이 머릿속에서 서서히 꿈틀대기 시작한다. '이제 곧 서른이니까 실천해야지' 하고.

하루키의 표현을 따르면 다음과 같다.

"이십대에는 아무 생각 없이 오로지 일에만 필사적으로 매달려 살다가, 스물아홉 살이 되자 드디어 일종의 계단참과 같은 곳에 다다랐다. 거기서 나조차 제대로 말할 수 없는 것, 설명할 수 없는 것을 소설이라는 형식으로 만들어 보고 싶었다."

하루키는 '스물아홉 살'을, 삼십 대라는 새로운 '계단'에 오르기 위한 '계단참'으로 의식하고 있었던 것이다. 사실은 이후의 《양을 둘러싼 모험》에서도 서른이라는 나이는 중요한 의미를 갖는다. 《양을 둘러싼 모험》에서 친구인 '쥐'는 1978년 가을에 서른을 맞이하고 자살을 한다. '나'는 그해 연말에 서른이 되었고 1979년 양의 해를 맞이한다. 하루키가 서른이 된 것도 역시 양의 해였다.

하지만 하루키가 말한 "나조차 제대로 말할 수 없는 것, 설명할 수 없는 것을 소설이라는 형식으로" 만든다는 것은 대체 어떤 의미일까.

"지금 떠올려 보면 그건 역시 일종의 자기치료 단계였다는 생각이 들어요"라고 그는 말했다.

'자기치료'라는 말은 《바람의 노래를 들어라》에서는 '자기요양'이라는 말로 표현하고 있다. 그 유명한 구절은 이렇게 시작한다.

"지금, 나는 이야기하려고 한다. 물론 문제는 무엇 하나도 해결되지 않았고, 이야기를 끝낸 시점에서도 어쩌면 사태는 똑같을지도 모른다. 결국 글을 쓴다는 것은 자기요양의 수단이 아닌, 자기요양을 위한 사소한 시도에 불과하기 때문이다."

그렇다면 하루키가 말하는 '자기치료'라든지 '자기요양'은 대체 무엇일까?

'실어증'으로부터의 회복

《바람의 노래를 들어라》에는 소년 시절의 '나'가 말수가 너무 적어서 부모가 정신과 의사에게 데려가 치료를 받게 했던 이야기가 나온다. 그때 의사가 '나'에게 말을 하게 만들기 위해 꺼내 든 것은 말과 문명의 관계였다.

"문명이란 전달이다, 라고 그는 말했다. 만일 뭔가를 표현할 수 없다면 그것은 존재하지 않는 거야. 알겠니, 제로라고."

"의사의 말은 옳다. 문명이란 전달이다. 표현하고 전달해야 할 것을 잃었을 때, 문명은 끝난다. 찰칵······ OFF."

여기에 '자기치료'의 의미를 풀 수 있는 힌트가 있다.

1960년대 말부터 1970년대 초까지, 이전까지의 사회질서에 반항한 젊은 세대를 '언어를 잃어버린 세대'라고도 칭한다. 그로부터 회귀하여 '자신의 언어'를 갖는 것, 그것이 자기를 회복하는 일이었다. '자기치료', '자기요양'이란 그러한 자기회복에

도달하기 위한 수단이었던 것이다.

그러나 이 경우의 '언어를 잃어버린 세대'란 무엇일까.

무라카미 하루키는 무라카미 류와의 대담 중에 이런 이야기를 했다.

"1970년 무렵이었지. 난 언어란 건 전혀 의미 없는 게 아닐까라는 생각이 강하게 들었어. 스무 살 무렵에는 물론 나도 뭔가 쓰고 싶었거든. 시나리오였지만. 그런데 쓸데없는 언어는 아무 의미가 없다는 생각이 든 거야. 그래서 십 년 동안 아무것도 쓰지 못했어."

언어는 남에게 무언가를 전하는 수단으로 누구나가 이용하는데, 곰곰이 생각해 보면 언어란 하나의 거대한 시스템으로 이루어져 있다.

그리고 언어 시스템이란 사실 우리 사회의 질서와 의식, 관념이 반영되어 완성된다. 좀 전의 '의사'의 이야기를 빌리자면 그것이 '문명'이다.

우리는 태어나서 자라며 말을 배운다. 말을 배움으로써 어른의 질서나 의식, 관념을 익혀 나간다. 말이란 것은 태어난 모든 인간에게는 이미 거기에 있는 것, 어른 세계에서 이미 만들어져 있던 것이다.

전공투 운동을 하거나 그에 영향을 받은 젊은 세대의 의식 밑바닥에는 '언어'에 대한 반역이라는 발상이 있었다. 언어는 질서이며 자신들을 억누르는 것이라는 의식이다. 그래서 그들은 사회질서에 맞서 말로써 비판하는 방법을 취하지 않았다.

사회질서는 곧 '언어 시스템'이기 때문에, 말로 대항하는 일은 상대방 영역에서 싸우는 것과 다를 바 없었다. 그래서 그들은 말이 아닌 돌과 각목으로 저항했다.

그렇다, 이 시기의 젊은이들의 반란은 '반(反) 언어의 사상'이라고도 불렸다. 언어를 사용한 표현은 외면받았고, 그 대신 만화가 크게 유행하기 시작했다. 난센스가 넘쳐나는 아카쓰카 후지오의 개그만화와, 닌자 사회의 저변을 그린 시라토 산페이의 만화, 꿈이 주제인 쓰게 요시하루의 만화 등이 크게 히트를 했는데, 이것도 '반 언어'의 발상과 관련이 깊다.

사회질서 즉, '언어' 쪽에서는 돌이나 각목에 대해 언어로 대항하는 것이 무리라고 깨닫자 급기야 기동대라는 '폭력'을 동원하여, 돌과 각목보다 뛰어난 무기인 최루가스나 물대포로 가차 없이 진압에 나섰다.

하루키는 '무리를 만드는' 것을 싫어하는 사람이라 돌이나 각목은 들지 않았지만 그는 이러한 시대의 풍조를, 특히 투철한 '반 언어'의 젊은이들이 모이는 '성(城)'과 같았던 재즈 카페의 카운터에서 온몸으로 느꼈던 것만은 확실하다.

하루키가 말하는 '언어 실천의 소멸'은 현대의 독자들은 이해하기 어려울 테니, 내가 겪은 '실어증' 체험을 예로 들어 구체적으로 설명하겠다.

사실 쑥스러운 이야기지만 나도 1960년대에는 소설을 썼다. 스스로도 실력이 나쁘지는 않다고 생각했지만, 1970년대에 들어서면서 갑자기 손을 놓게 되었다. 이야기가 떠오르지 않아 도저히 글을 쓸 수 없었기 때문이다.

태어나서 처음 겪는 무시무시한 일이었다. 나의 뇌가 망가졌나 싶었다. 그런데 생각해 보면 당시의 '반 언어'적인 분위기에 깊이 공감을 하며 나타났던 증상이었다. 간신히 다시 스스로 글을 쓸 수 있게 되기까지는 오 년이라는 시간이 걸렸다.

1970년대 전반에 일본에서 새로운 타입의 신예 작가가 등장하지 않았던 것도, 아마 그들 모두 '실어증적'인 상황에 빠져 있었기 때문일 것이다. 다들 '자신의 언어'를 만들어내기 위해서 악전고투하고 있었다.

나카가미 겐지가 자신의 언어를 연마하여 아쿠타가와상 수상작품인 《곶(岬)》을 통해 간결하고 명료한 문체를 만들어내기까지는 오 년이 걸렸다.

무라카미 류가 《한없이 투명에 가까운 블루》에서의 시각적이고 난잡한 문체를 완성하는 데에 걸린 시간은 육 년이다.

미타 마사히로가 《나란 무엇인가》에서의 젊은 문체를 만들어내기까지 칠 년이 걸렸다.

무라카미 하루키는 《바람의 노래를 들어라》에서 "지금, 나는 이야기하려고 한다"라며 글을 쓸 결심을 하는 데에 팔 년이라는 시간이 걸렸다.

'부엌작가'의 탄생

여기서 말하는 '부엌작가'란 무엇일까?

"서재 같은 공간이 있어서 거기서 글을 쓰면 좋았겠지만, 굳이 밤 시간을 이용해 소설을 쓰는 사람 대부분은 그만큼 생활적 여유가 없기 때문에 기껏 해봐야 부엌의 테이블 정도가 작업공간이었다."

다시 말해 서재나 작업실은커녕 글을 쓰기 위한 책상이나 테이블도 없어서 어쩔 수 없이 부엌의 테이블에서 글을 쓰는 작가를 말한다. 그것이 작가로 출발할 무렵의 하루키였다.

"내 최초 두 권의 소설도 '키친 테이블 소설'이다. 종일 가게 일을 하다 문을 닫고, 기분전환 겸 맥주 한두 캔을 마신 뒤 아파트 부엌의 테이블에 앉아 소설을 썼다."

'아파트'란 센다가야의 '피터 캣'에서 걸어서 수 분 거리에 있던 임대 맨션을 말한다. 이곳의 부엌이 하루키의 최초 작업공간이었다.

'최초 두 권의 소설'이란 《바람의 노래를 들어라》와 《1973년의 핀볼》이다. 이 두 작품은 이후의 장편소설에 비하면 어딘가 다른 분위기를 느낄 수 있다. 하루키의 표현에 따르면 그것이 자신의 '부엌소설'인 것이다.

이 '부엌소설'의 분위기를 좋아하는 독자 즉, 하루키 작품 중에 이 최초의 두 소설을 가장 좋아한다는 독자도 많을 텐데, 정작 하루키는 다소 미숙한 작품이라고 생각하는 듯하다. 특히 그는 짧은 토막글을 이어나가는 매력적인 구성을 '부엌'에서 쓴 탓이라고 말한다.

"소설의 구성이 상당히 토막토막 끊겨있다는 것을 알 수 있다. 하루에 글을 쓸 시간이 한 두 시간밖에 없어서, 한창 분위기가 잡혀간다 싶을 때 '오늘은 여기까지 하자'라며 그만두기 때문이다."

예를 들어 《바람의 노래를 들어라》는 40개의 프래그먼트(토막글)로 구성되어 있다. 그렇다면 이 소설은 한밤중의 부엌 테이블에서 마흔 번이나 '뚝뚝 끊어가며' 완성했다는 것일까?

아무래도 이 발언에는 뭔가 다른 이유가 있는 듯하다.

토막글로 이루어지는 구성이야말로 최초 두 작품의 가장 큰 매력인데, 하루키는 그것이 '부업작가'의 필연적인 결과인양 말하고 있다. 하지만 정말 그런 거라면 다른 '부업작가'의 작품도 모두 '토막토막 분단되어' 있어야 할 텐데, 꼭 그렇지만은 않은 것 같다. 이 토막글에 의한 구성은 유독 하루키 작품에서만 볼 수 있다.

《바람의 노래를 들어라》에서는 내용이 여기저기로 흩어지고 있다. 주요 줄거리는 1970년 8월에 도쿄를 떠나 고향을 찾은 대학생인 '나'와 친구 '쥐'의 주위에서 일어난 일과 대화이다.(참고로 '단카이 세대' 대부분은 1948년 쥐띠 해에 태어났기 때문에, '쥐'라는 이름의 인물은 '단카이 세대'를 대표한다.) 그리고 가공의 작가 데릭 하트필드의 인용과 해설, '나'와 '쥐', '여자'의 뒷이야기 등을 보태어, 당시 스물한 살짜리 학생의 행동과 내면을 회상적으로 그려내고 있다.

이러한 구성은 다양한 시간과 다양한 내면을 능란하게 표현했다는 평가를 받아 왔는데, 하루키는 그것이 자신의 창의적 궁리에 의한 것이 아닌 우연히 '부업'에서 만들어진 것처럼 말하고 있다.

그는 무엇 때문에 그렇게 말한 것일까?

혹시 '커트 보네거트의 영향이다'라는 얘기는 듣고 싶지 않으며, 그저 나의 집필사정 때문에 자연스레 만들어진 구성방법이라고 주장하고 싶었던 것은 아닐까.

사실 이 무렵, 젊은 소설 독자들의 지지를 받으며 열광적인 인기를 누렸던 커트 보네거트라는 미국작가가 있었다.

　나 역시 잡지 〈군조〉에서 신인상 수상작인 《바람의 노래를 들어라》를 읽었을 때,

　'앗, 보네거트다'라고 생각한 사람 중 하나이다.(신인상 비평 때도 심사위원인 마루야 사이이치는 보네거트와 비교하여 의견을 내놓았다.)

　하지만 나는 일본인의 정서가 잘 녹아들어 있다는 점과 건조한 도회적인 서정으로 가득한 문장이 굉장하다고 생각했다. 다시 말해 일본의 현대적인 소설로서 훌륭하다고 느낀 것이다. 나는 이 소설에 완전히 마음을 빼앗기고 곧바로 하루키의 팬이 되었다.

　그런데 보네거트는 어떤 작가일까.

　1960년대에서 1970년대에 걸쳐 미국 각지에는 히피들이 넘쳐나고, 수많은 대학과 고등학교에서 학교와 사회에 대한 저항운동이 시작되고 있었다. 거기에 존재했던 '반 언어'의 발상은 일본과 같았다.

　이때 미국 젊은이들의 열광적인 지지를 받았던 작가가 바로 커트 보네거트이다. 보네거트의 인기는 대학 캠퍼스에서 불이 붙었다. 같은 시기에 일본에서 1969년의 학교와 사회에서 일어난 일을 고등학생의 시선에서 《호밀밭의 파수꾼》 식으로 묘사

한 쇼지 가오루의 《빨간 모자야 조심해》가 대학생과 고등학생들에게 압도적인 지지를 받았던 것처럼.

　보네거트를 유명하게 만든 《고양이 요람》은 127개의 프래그먼트로 구성된 장편소설로, 실존하지 않는 종교 '보코논 교'를 둘러싼 코믹한 이야기이다. 기독교에 대한 풍자도 있고 여러 인물의 특이한 에피소드로 가득하다. 그러한 것들이 다양한 프래그먼트 안에 나타나고 있는 것이다.

　보코논 교도인 작가 '나'가 쓴 이야기로, 히로시마에 원자폭탄이 투하되던 날에 미국의 중요인물들은 뭘 했나 조사하던 중에 '원폭의 아버지'라 불리는 인물이 장난삼아 개발한 수수께끼의 물질 때문에 세계가 멸망을 맞이한다. 그야말로 난센스하면서도 많은 교훈도 담긴 이야기이다.

　가공의 교주 '보코논'의 이력과 활동, 명언을 천연덕스럽게 늘어놓는다는 점은 《바람의 노래를 들어라》에 나오는 가공의 작가 '데릭 하트필드'에 관한 기술(記述)과 닮았다.

　프래그먼트에 의한 구성은 보네거트의 트레이드마크와 같은 것으로, 그 밖에도 《신의 축복이 있기를, 로즈워터 씨》와 《제5도살장》, 《슬랩스틱》 등의 작품을 발표하여 일본 젊은 독자들의 사랑을 받았다.

여기에서 내가 말하고 싶은 것은 하루키의 두 권의 '부엌소설'은 보네거트의 영향을 강하게 받았을 것이라는 점이다. 결코 모방이라고는 생각하지 않는다. 오히려 보네거트의 작품을 애독하는 독자들과 공통된 독서기반 속에서 박수와 함께 환영을 받은 작품들이라고 할 수 있다.

한 가지 덧붙이자면, 1960년대에 들어서면서 사회에 불만을 가진 미국과 일본의 젊은 세대가 열렬히 지지했던 소설에 리처드 바크의 《갈매기의 꿈》이라는 작품이 있다.

젊은 갈매기 조나단은 먹이를 구하기 위해 하늘을 나는 게 고작인 갈매기들의 일반적인 행동원리에 갑갑함을 느끼고, '나는 것' 자체에 온 힘을 집중한다. 다른 갈매기들 즉, '모든 갈매기'로부터 '쓸데없이 높고 빠르게 난다는 건 의미 없는 행동'이라며 경멸을 받지만, 조나단은 굴복하지 않고 끊임없이 '나는 것'을 추구하다 드디어 가장 높고 빠르게 날 수 있는 갈매기가 된다. 결말 부분에서 조나단은 끝없이 날아가는 '영웅'으로 그려진다.

이 소설에서는 일반 갈매기의 사고방식(사회질서)에 반항하는 젊은 갈매기가 영웅으로 그려질 뿐만 아니라, 일반 갈매기들에게는 그의 도전이 '무의미'한 행위로 비친다는 것도 젊은이들의 공감을 불러일으켰다고 할 수 있다.

조나단이라는 갈매기의 모습은 하루키의 작품 속 인물뿐만 아니라 그의 문학적인 자세와도 상당히 닮았다. 결코 다른 작가나 비평가와는 무리를 짓지 않고, 보다 높은 곳을 목표로 하는 '고독'한 자세라고도 할 수 있다.

전업작가로의 출발

하루키가 '피터 캣'을 다른 사람에게 넘기고 치바 현 후나바시 시로 이사하며 전업작가로서 출발한 것은 1981년, 서른두 살 때의 일이다.

신인상을 받은 이듬해인 1980년에 두 번째 '부엌소설' 《1973년의 핀볼》과 〈중국행 슬로 보트〉 등 몇 편의 단편소설을 발표하고, 피츠제럴드의 작품 번역 등의 작업을 통해 나름의 평가를 받았지만 그것만으로는 만족할 수 없었던 모양이다.

"더욱 큰 주제를 담은, 스토리가 탄탄한 소설을 쓰고 싶다는 마음이 점점 절실해졌다. 처음 두 소설은 기본적으로 쓴다는 행위 자체를 즐기기 위해 완성한 작품으로, 결과 자체에는 스스로도 납득할 수 없는 부분이 있었다."

"할 수 있는 한 해보고 싶다, 스스로 '이 정도라면'하고 만족할 수 있는 소설을 한 권이라도 좋으니 완성하고 싶다 – 그런

욕심이 생긴 건 자연스러운 일이었다."

사실은 '무라카미'라는 같은 성(姓)을 쓰는 작가 무라카미 류가 1980년에 《코인로커 베이비스》라는 장편소설을 내놓았다. 하루키는 훗날 류와의 대담에서 이 책을 읽고 "충격을 받았다"고 말했는데 당시로써는 분명 엄청난 소설이었다.

내가 맡았던 현대문학 수업에서 학생들에게 《코인로커 베이비스》를 읽고 오도록 했을 때도 강의실 분위기는 평소와 사뭇 달랐다. 언제나 떠들썩했던 학생들이 하나같이 입을 다물고 있었다.

강의실에 침묵만이 감돌기에 평소 자주 의견을 말하던 학생을 지목해 보니,

"굉장한 소설입니다. 아무 말도 할 수가 없습니다"라고 짧게 대답했다.

코인로커에 버려졌다가 구출 받은 두 소년 중 '하시'는 록 가수로 유명해지지만 마약과 섹스로 얼룩진 생활을 하고, '기쿠'는 TV에서 기획한 어머니 찾기 프로그램에서 자신의 생모를 살해하기에 이른다. 그리고 소녀 '아네모네'의 도움으로 교도소를 탈출해, 과거에 일본군이 숨겼던 강력한 독극물을 도쿄만(灣)에 뿌리려 한다. 소위 일상생활의 파괴와 '어머니'를 추구한다는 이야기다.

이 소설이 하루키에게 충격을 줬으리란 것은 틀림없는 사실이다.

한편 하루키에게는 전업작가로서 우뚝 서겠다는 결심을 실행에 옮기기 위해 상당한 각오가 필요했다. '피터 캣'은 매출이 순조롭게 오르고 있어서, 전업작가가 된다면 수입이 줄어들 게 뻔했다. 매니저를 고용해 맡기는 방법도 있었지만 온전히 소설에만 전념하기는 힘들 터였다. 결국 하루키는 가게를 아예 다른 사람에게 양도했다. 아직 빚이 남아 있었지만, 일단은 홀가분한 몸으로 소설을 마주할 수 있게 된 것이다.

아내의 의견은 어땠을까.

하루키는 단단히 결심하고 아내 요코에게 제안을 했다.

"일단 2년 동안은 내 마음대로 하게 해줘. 그렇게 했는데도 안 된다면 다시 어딘가에서 작은 가게를 차리면 되잖아. 아직 젊으니까 충분히 만회할 수 있어."

이에 대한 아내의 대답은 "좋아"였다고 한다.

아무튼 이로써 결정이 났다. 하루키는 '작가'로 우뚝 서기를 결심한 것이다. 그리고 그는 세 번째 장편소설 《양을 둘러싼 모험》을 완성했다.

이 소설은 주인공 '나'와 친구 '쥐'를 둘러싼 이야기라는 점에서 이전의 두 작품과 공통되지만, 진행 방식이 다르다. 이번 작품에서는 단편적으로 분산되는 구성 방식을 취하지 않았다. 이야기와 직접적인 관계가 없는 묘사는 줄고 전체적으로 충실한 이야기가 완성되었다. 그 때문인지 새로운 독자들도 생겨났다. 게다가 제목과 관련한 재미있는 에피소드도 있었다. '모험'이라는 단어가 제목에 들어가면서 초등학생들도 이 소설을 읽었던 것이다. '양'도 아이들이 좋아하는 동물이니 동화로 착각한 모양이다.

하루키는 《양을 둘러싼 모험》에 대해 이렇게 말한다.

"독자들은 이 작품을 뜨겁게 환영해 주었고, 난 그게 가장 기뻤다. 개인적으로는 이 작품이 소설가로서의 실질적인 출발점이라고 생각한다."

"소설을 마무리했을 때 나만의 소설 스타일을 완성해냈다는 기분이 들었다. '이런 식이라면 앞으로도 소설가로 살아갈 수 있겠어'라는 전망도 생겼다.'

하루키가 말하는 '나만의 소설 스타일'이란 무엇일까.

《양을 둘러싼 모험》은 1978년에 일어난 일에 대한 이야기이다. 광고회사를 운영하는 29세의 '나'는 친구 '쥐'가 보내준 양 떼 사진을 홍보용 책자 인쇄에 사용한다. 얼마 후 '우익' 조직 거물의 비서가 찾아와 양 떼 사진에 찍힌, 등에 별 모양의 무늬가 있는 양을 찾아내라고 명령한다. '나'는 양을 찾기 위해 귀 모델인 애인과 홋카이도로 떠나고, 묵고 있던 호텔에서 양 전문가인 '양 박사'를 만난다. 이후 친구인 '쥐'가 서른 살의 생일을 앞두고 자살했다는 사실을 알게 되며, 영적인 존재인 '양 사나이'의 도움으로 '쥐'의 유령을 만나 이야기를 나눈다는 내용이 전개된다.

조금 어렵게 설명하자면 '자아 찾기'에 실패하고 유령이 된 '쥐'와 '자아 찾기'를 계속해가고 있는 '나'라는, 동 세대의 두 사람의 이야기라고 할 수 있다. 또한 '쥐'가 '나'의 분신이라고 본다면 '나' 자신의 이야기가 된다. 주제는 '자아 찾기'인 것이다.

이 작품 속에 드러난, 이후의 하루키 작품으로 이어지는 '나만의 소설 스타일'이란 무엇일까. 열 가지 항목으로 간추려 보았다.

- 도회적이고 경쾌하면서 재치 넘치는 대화와 이해하기 쉬운 말투
- 몇몇 다른 이야기가 번갈아 등장하는 진행방식
- 죽은 여성이나 헤어진 아내에 대한 추억
- 수수께끼의 여성과의 섹스와 공동작업
- 뭔가 알 수 없는 상대로부터의 명령과 지시
- 무언가를 찾기 위한 조사와 여행
- 친한 친구의 자살

- 인간관계를 지배하는 영적인 존재와의 만남
- 현실과는 다른 세계, 죽은 자의 세계로의 이행
- 자아 찾기의 시도와 좌절, 그리고 상실감

　분명 위와 같은 스타일은 다음의 작품으로도 이어지고 있다. 예를 들어 《노르웨이의 숲》을 생각해 보자. 이 소설에 대해서는 좀 더 자세히 이야기하겠지만, 일단 스타일에만 주목해보면 공통점이 여럿 있다.

　《노르웨이의 숲》은 1968년부터 1970년에 걸쳐 '나'에게 일어났던 일을 회상하고 있다. 고교 시절의 연인 '기즈키'의 자살로 상처 입은 '나오코', 가정 문제로 상처 입은 '미도리', 억울하게 죄를 뒤집어쓰고 상처를 입은 '레이코'라는 세 여성과 '나'를 둘러싼 이야기(그밖에 '나가사와'와 '하쓰미'를 둘러싼 작은 이야기도 있다)로 이루어져 있다. 그리고 이들 여성과 '나'에 대한 이야기가 교차하며 전개된다. 결국 '나'가 사랑하던 '나오코'는 자살하며, '나'는 깊은 자기 상실감에 빠져든다.

　이처럼 《양을 둘러싼 모험》은 그 스타일을 차기작으로 이어가게 한, 작가 무라카미 하루키를 완성한 작품이라고 할 수 있다.

달리는 작가

하루키는 '달리는 작가'로 유명하다. 달리는 작가는 여럿 있겠지만 마라톤 풀코스를 완주할 정도의 '달리는 작가'는 드물다. 아마도 하루키가 제1호일 것이다.

그는 왜 달리는 것일까.

하루키는 《양을 둘러싼 모험》을 통해 나름의 성취감을 얻었다. 재즈 카페를 타인에게 양도한 것이 작가로서 한 발 내딛기에 유효했다는 만족감도 있었을 것이다.

그러나 하루키는 오랜 시간 책상에 앉아 원고를 쓰는 일의 문제점도 느끼고 있었다. 쉽게 말해 살이 찌기 시작한 것이다.

"원래 방심하면 살이 붙는 체질이다. 지금까지는 매일 힘든 육체노동을 해왔기 때문에 체중을 안정적으로 유지할 수 있었지만, 아침부터 밤까지 책상 앞에 앉아 원고를 쓰는 생활을 하다 보니 체력도 점점 떨어지고 체중이 늘었다."

　작가 중에는 데뷔 시절에는 마른 체형이었다가, 원고 요청이
늘어나면서 갑자기 체중이 불기 시작하는 경우가 많다. 오에
겐자부로도 젊은 시절에는 무척 말랐었는데, 작가로 유명해지
면서 비만체질이 되었다. 그는 수영으로 체중을 조절했다.

　운동을 하자고 마음을 먹고 하루키가 생각한 것은 '달리기'
였다. 하루키의 《달리기를 말할 때 내가 하고 싶은 이야기》에
의하면 달리기에는 세 가지 장점이 있다.

- 동료나 상대가 필요 없다.
- 특별한 도구와 장비도 필요하지 않다.
- 특정 장소까지 이동하지 않아도 된다.

　만일 테니스였다면, 상대가 있어야 하고 라켓이 필요하며 테
니스 코트까지 가야만 한다. 수영은 혼자는 할 수 있지만 수영
장까지 가야 하는 번거로움이 있다. 오에 겐자부로는 혼자 할
수 있는 수영을 택했지만, 매주 오다큐 선 세조가쿠엔마에 역
에서 전철을 타고 수영장을 다녔다. 당시 나는 오다큐 선을 타
고 대학으로 통근했는데, 스포츠 가방을 든 오에를 전철 안에
서 두 번인가 본 적이 있다.

　남들 앞에 모습을 드러내기 싫어하는 하루키라면 그런 상황

은 겪고 싶지 않았을 것이다. 따라서 달리기를 선택한 것은 거의 필연적이었다고 할 수 있다. 다만, 훗날 얘기지만 하루키는 트라이애슬론에 도전하기 위해 수영과 자전거도 시작하게 된다. 물론 자신의 차로 이동했기 때문에 오에처럼 사람들 눈에는 띄지 않았을 것이다.

하루키는 《양을 둘러싼 모험》을 완성한 직후 즉, 1982년부터 달리기 시작했다.

이듬해인 1983년에는 처음으로 번호표를 달고 5킬로미터 레이스에 도전하고, 15킬로미터 레이스, 35킬로미터 레이스 순으로 점차 거리를 늘려갔다. 신발은 처음에는 '뉴발란스'의 러닝화, 그다음에는 '미즈노'의 제품을 신고 달렸다. 결코 고가의 신발은 아니었다.

같은 해인 1983년 여름에는 잡지 편집부의 의뢰로 그리스까지 날아가, 아테네부터 '마라톤'이라는 단어의 어원인 마라톤까지 약 42킬로미터를 달렸다. 기록은 3시간 51분으로, 이때부터 부쩍 자신감이 붙었다고 한다. 역시 같은 해의 연말에는 하와이 호놀룰루 마라톤에 참가하여 처음으로 정식 풀 마라톤을 완주했다. 달리기를 시작한 지 불과 일 년 반밖에 지나지 않은 때였다.

그 뒤로는 일 년에 한 번꼴로 보스턴 마라톤과 호놀룰루 마라톤에 도전하여, 무려 25회 정도의 풀 마라톤을 완주했다. 하루키는 홋카이도 사로마 호의 '100킬로미터 마라톤'에서 가장 긴 거리를 달렸다. 도중에 잠시 걷기도 했지만, 기권하는 일 없이 꼬박 하루를 걸려 100킬로미터를 완주했다. 사십 대에는 풀 마라톤 기록이 3시간 반 정도였는데, 지금은 약 4시간으로 기록이 처지고 있다고 한다.

그는 왜 그렇게 끊임없이 달리는 것일까.

본인의 정리를 따르면 다음과 같다.

"생각해 보면 살이 찌기 쉬운 체질로 태어난 것은 오히려 행운인지도 모른다. 나 같은 경우에는 체중이 늘어나지 않도록 매일 격렬한 운동을 하고 식단에 주의를 기울여 조절해야만 한다. 고된 인생이다. 하지만 아무것도 하지 않아도 살이 붙지 않는 체질인 사람은 운동이나 식사에 딱히 신경 쓸 필요가 없다. 그래서 나이가 들어갈수록 체력이 점점 쇠하는 경우가 많다."

"이러한 관점은 소설가라는 직업에도 적용해볼 수 있다. 타고난 재능을 가진 소설가는 굳이 애를 쓰지 않아도 자유자재로 소설을 쓸 수 있다. 노력할 필요란 없는 것이다."

"하지만 안타깝게도 난 그런 타입이 아니다. 소설을 쓰려면 체력을 혹사하고 시간과 수고를 들여야만 한다. 작품을 쓰고자 할 때마다 매번 새로운 깊은 구덩이를 파내지 않으면 안 된다. 그렇기 때문에 하나의 수원(水源)이 마른다 싶으면 과감하게 그 구덩이를 버리고 바로 다른 자리로 옮길 수가 있다. 자연적인 수원에만 의존해온 사람은 갑자기 그렇게 하려고 해도 결코 쉽지 않을 것이다."

이처럼 하루키는 '달리기'와 '글쓰기'를 같은 맥락에서 생각하고 있다. 그렇기에 그는 '달리기'에서도 정상을 추구하는 것이다.

몽블랑 만년필에서
매킨토시까지

"나는 《댄스 댄스 댄스》 전까지는 늘 몽블랑 만년필로 원고를 써왔지요. 아직도 손 안에 그 두툼한 만년필 대의 감촉이 남아있습니다" 하고 하루키는 말한 바 있다. 소설 《해변의 카프카》의 '사에키'도, 《1Q84》의 '덴고'도 몽블랑 만년필을 사용했다.

한때 글 쓰는 사람들이 만년필에 집착하던 시절이 있었다. 일본제인 파이롯트나 플라티나는 학생용이라며 평가가 낮았다. 프로가 쓰기에 적당한 만년필로는 독일의 몽블랑이나 펠리컨, 미국의 쉐퍼와 크로스 또는 파커, 영국의 오노토(나쓰메 소세키가 애용했다), 그리고 프랑스의 워터맨 정도를 꼽는다. 지금은 실용품이라기보다는 일부 수집가들만 찾는 모양이지만.

하루키는 몽블랑 만년필을 《댄스 댄스 댄스》 전까지 사용했다고 했는데 《댄스 댄스 댄스》는 1988년 작품이니, 1987년에 발표한 《노르웨이의 숲》의 집필 당시에도 몽블랑 만년필을 사용했다고 볼 수 있다.

하루키는 다음과 같이 말한 적이 있다.

"《노르웨이의 숲》을 쓸 때는, 대학 노트의 괘선을 따라 만년필이나 수성볼펜으로 또박또박 눌러쓰며 채워나갔다."

현재 하루키는 매킨토시 사용자로 유명하다.

"매킨토시 사용자는 어쩐지 이 사회의 끄트러기들 같아요. 꼭 '정 때문에' 사용하는 것 같고요"라고 하루키는 말했다.

현재 일본의 전체 컴퓨터 중에 매킨토시가 차지하는 비중은 기껏해야 5퍼센트 정도이다. 하루키가 '사회의 끄트러기들'이라고 표현한 것은 윈도우즈와 비교했을 때 그만큼 매킨토시가 압도적인 소수파에 해당하기 때문이다.

하루키와 매킨토시에 관한 이야기를 조금만 더 해보도록 하자.

하루키가 초창기에 사용했던 매킨토시 제품은, 1990년대 초반에 미국의 프린스턴 대학에서 구입한 랩탑형 Power Book이었다.(《스푸트니크의 연인》의 '스미레'도 이것을 사용했다.) 하지만 당시에는 매킨토시용 한자변환 단어 수가 극히 적어서 오히려 워드가 사용하기 편할 정도였다. 하루키도 글을 쓸 때 꽤 고생했을 것이다.

이 모델은 화면이 너무 작았기 때문에, 하루키는 몇 년 뒤 얇고 네모난 피자박스 모양의 맥LCⅢ를 구입하여 키보드를 달고 모니터 TV에 연결해서 사용했다.

이후에 하루키는 웹사이트에 올린 내용을 책으로 엮은 《소년 카프카》에서 자신이 사용하는 컴퓨터 사진을 공개했다. 데스크톱형의 iMac 사진이 아닌 가리비처럼 생긴 iBook G3였다. 이것은 '휴대가 가능한 iMac'으로 제작되긴 했지만 평소 갖고 다니기에는 영 무거웠다. 그래서 하루키는 여행할 때나 일터에서 사용하기 위해 경량 소니노트북 VAIO를 구입했다. 그 사진도 책에 실려 있다.

그런데 매킨토시가 아닌 윈도우즈를 탑재한 컴퓨터를 구입하면서 매킨토시 사용자들의 비난이 쏟아졌다. '하루키가 매킨토시에서 윈도우즈로 갈아탔다'라는 소문이 퍼진 것이다. '배신자!' 등등 엄청난 비난의 글이 인터넷 게시판에 쏟아졌다.

순전히 '하루키 하면 매킨토시', '매킨토시 하면 하루키'라는 이미지에 이끌려 하루키의 팬에서 매킨토시 사용자가 된 사람들도 적지 않았기 때문이다. '이제 와서 왜 윈도우즈 컴퓨터를 샀지?', '매킨토시에 대한 배신이야'라는 게 비난의 이유였다. 이곳저곳의 인터넷 게시판에 불만 어린 글들이 폭풍처럼 휘몰아쳤다.

놀란 것은 하루키였다. 그는 급히 해명에 나섰다.

"나는 글을 쓸 때에는 iMac과 iBook을 사용하고, 메일을 보낼 때에만 VAIO를 사용합니다. 아무래도 소설은 매킨토시에서만 쓸 수 있거든요. 적어도 글을 쓴다는 기준에서 보자면 매킨토시가 훨씬 인간적이라는 기분이 듭니다."

"VAIO는 소형 모델인데 보통은 액정 디스플레이와 키보드를 연결해 사용합니다. 하지만 VAIO에서는 소설을 쓰고 싶다는 기분이 들지 않네요. 왜 그럴까요?"

하루키는 이러한 코멘트를 본인의 웹사이트에 여러 차례 올리며 자신은 '배신자'가 아니라는 설명을 계속 해야 했다.

아무튼 매킨토시 사용자는 무섭다. '소수파'이기 때문에 마치 컬트 교단처럼 똘똘 뭉쳐 단결하는 것일까.

하루키는 사물에 이름 붙이기를 좋아하는 사람이다. 컴퓨터에도 각각 이름을 붙였는데, 전부 야쿠르트 스왈로스의 감독과 선수의 이름이다.

메인컴퓨터 격인 iMac에는 '쓰토무 군'이라는 이름을 붙였다. 수위타자에도 올랐던 뛰어난 선수의 이름을 따왔는데, 이 선수는 훗날 야쿠르트 팀을 우승으로 이끄는 '와카마쓰 쓰토무' 감독이다.

보조 컴퓨터인 iBook은 '료타 군'으로 불린다. 이 이름은 '대포어깨', '로켓보이', '속구왕' 등으로 불리며 시속 158킬로미터라는 속구 기록을 자랑하는 '이가라시 료타' 선수에게서 가져왔다. 호쾌한 자세로 인기가 높았던 야쿠르트의 간판투수 중 한 선수였다.

윈도우즈를 탑재한 소니 VAIO도 어엿하게 '야타로 군'이라는 이름을 갖고 있다. 야쿠르트팀의 기대주였던 선수지만 운이 나쁘게도 이렇다 할 활약 없이 일본햄 팀으로 이적됐던 '사카모토 야타로' 투수에게서 따왔다.

그런데 하루키는 왜 컴퓨터에 야쿠르트팀의 감독과 선수 이름을 붙였을까.

그 이유는 진구 구장에서 야쿠르트의 개막전을 관전할 때에, 신인 선수 힐튼의 활약상을 보며 "그래, 소설을 쓰자"라고 생각했던 것과 관련이 있다. 평소 글을 쓸 때 사용하는 도구에 야쿠르트팀의 감독과 선수의 이름을 붙여 불러 부르면 처음에 가졌던 결의를 잊을 수 없기 마련이다. 자신이 젊은 날에 겪은 고생도 잊을 리 없다.

컴퓨터들은 매일 '초심을 잊지 말아야 한다'고 하루키에게 말을 걸고 있는 것이다.

이야기가
시작되다

작가가 되기란
막만치 않다?

3장

하루키가 좋아한 작가들

하루키의 소설은 어째서 전 세계 사람들에게 사랑받는 것일
까. 그 대답 중 하나가 그의 코멘트 안에 있다.

"개인적인 감상으로 표현하자면 미국 소설은 어려운 말을
많이 쓰지 않습니다. 의외로 간단한 말들을 열심히 조합해서
의사를 전달하려고 하죠. 그 임팩트는 일본 소설의 임팩트보
다 훨씬 강합니다."

이 이야기는 하루키의 소설에도 꼭 들어맞는다.

하루키의 소설은 '의외로 간단한 말'로 이루어져 있다. 그러
나 모든 것을 드러내지는 않는다. 언제나 수수께끼를 남기고
있다. 누구든 쉽게 읽을 수 있지만, 그렇다고 모든 것을 보여주
는 것은 아니다. 그 점은 '미국 소설'이 가진 매력이라고 할 수
있다. 그 공통점 때문에 전 세계의 독자들이 하루키의 소설을

쉽게 받아들이는 것이다.

그리고 또 한 가지, 일본의 근·현대의 '문장체' 문제가 있다. 사실 일본의 '문장체'는 메이지 시대에 서양어의 주어·술어 관계 등을 본떠 만든 것으로, 일반 회화체와는 다르며 메이지 이전의 문장체와도 크게 다르다. 그런데 하루키는 영어 문장을 읽거나 번역을 하면서 이러한 서양어적인 '문장체'에 숙달되어 있었다. 그렇기 때문에 하루키의 문장은 해외에서 번역하기가 수월하다고 할 수 있다.

그렇다면 미국작가 중에 하루키가 가장 좋아하는 작가는 누구일까. 그동안 여러 차례 언급을 한 바 있는데 대표적인 예를 들어보면,

"내가 좋아하는 작가는 우연히도 대부분이 심각한 알코올중독이었습니다. 스콧 피츠제럴드, 레이먼드 카버, 레이먼드 챈들러, 헤밍웨이, 윌리엄 포크너……."

하루키는 왜 유독 알코올중독 작가를 좋아하는 것일까.

'문학적'인 수준에서 하루키가 '좋아하는 문체'를 구사하는 작가로 꼽힌 이들은 다음의 다섯 명이다.

"강하게 끌리는 문체를 쓰는 작가들을 구체적으로 나열하면 스콧 피츠제럴드, 트루먼 커포티, 레이먼드 챈들러, 커트 보네거트, 나쓰메 소세키, 그 외에도 여럿 있습니다."

이 다섯 명 중에 나쓰메 소세키 외에는 모두 미국 작가이다. 그런데 잘 생각해보면 소세키도 '영어 선생님'이다.

잠깐 덧붙이자면 하루키는 나쓰메 소세키에 대해 다음과 같이 말했다.

"소세키의 작품을 좋아하지만, 《명암》과 《마음》만은 그다지 끌리지 않습니다."

《마음》은 소세키가 만년에 발표한 소설이며, 《명암》은 미완성의 유작 소설이다. 어찌 보면 하루키가 이 작품들을 마음에 들어 하지 않는 것은 당연할지 모른다. 두 작품 모두 소세키 특유의 여유와 유머가 별로 느껴지지 않기 때문이다.

《마음》은 지난날 삼각관계에서 사랑을 쟁취한 남자(선생님)가 자신에게 사랑하는 사람을 빼앗기고 자살한 친구에 대한 자책감에 시달리다, 메이지 천황을 따라 자결한 노기 장군 부부를 칭송하던 당시의 분위기에 젖어 자살하고 친구를 따라갔다는 이야기이다.

오에 겐자부로는 최근 소설 《익사》를 통해 《마음》을 비판하며, '선생님'의 자살은 개인적인 문제인데 그것을 '메이지의 정신'이라든지 '순사(殉死)' 등으로 연결 짓는 것은 '이치에 맞지 않는다'라고 했다. 어쩌면 하루키도 그러한 '억지'가 느껴져 "그다지 끌리지 않는다"라고 했을 수도 있다.(하루키는 〈벌꿀 파이〉라는 단편소설에서 이러한 삼각관계를 능숙하게 풀어내고 있다.)

한편《명암》은 좋아하는 여자를 포기하고 다른 여자와 결혼한 남자가 옛 여자에 대한 미련을 버리지 못한다는, 소세키의 단골 테마가 반복되고 있는 소설이다.

하루키는 이 두 소설이 지나치게 테마 중심적이라 소세키의 '문체'가 지닌 매력을 반감시켰다고 생각하는 모양이다.

오히려《해변의 카프카》의 주인공 '카프카'의 입을 통해, 소세키의 소설 중에서는《갱부》의 '무엇을 말하고 싶은지 알 수 없는 점이 좋다'고 전하고 있다.

그런데 하루키가 꼽은 '좋아하는 작가'와 '문체를 좋아하는 작가'를 비교했을 때 중복되는 두 작가가 있다. 스콧 피츠제럴드와 레이먼드 챈들러이다. 잠시 이 두 사람에 주목해보자.

하루키는 이 두 작가의 대표작을 자신이 '좌표로 삼는 책'으로 꼽는다. 그리고 결국 두 작가의 소설을 직접 번역하여 출판했다.

'좌표로 삼는 책'이란 이러한 것이다.

"챈들러의《롱 굿바이》와 피츠제럴드의《위대한 개츠비》는, 오랜 세월 동안 짬짬이 아무 페이지든 펴서 읽기를 반복해왔습니다. 보통은 영어로 된 원서인데, 벌써 수십 년째 읽어왔지만 질리지가 않습니다."

　다시 말해 이 두 작품은 언제나 곁에 두고 읽고 있다는 것
이다.

희극과 비극의 작가
스콧 피츠제럴드

우선 스콧 피츠제럴드에 대해 간단히 알아보자.

그는 1920년대의 미국을 대표하는 작가 중 한 사람이다. 영업사원의 아들로 태어나 스물세 살에 작가로 출발했는데, 특히 《위대한 개츠비》로 명성을 얻었다. 미남미녀 작가 부부로도 유명했다. 그러나 부부의 낭비벽과 정신병에 걸린 아내의 입원 치료비 때문에 빚에 쫓기며 살다가, 결국 마흔넷이라는 나이에 알코올중독으로 인한 심장발작으로 사망했다.

대표작 《위대한 개츠비》는 하루키의 말을 빌리자면 '아메리칸 드림과 그 붕괴의 이야기'라고 할 수 있다. 주인공인 제이 개츠비는 가난한 집안에서 태어나 대부호가 된 인물이다. 그는 젊은 시절 사랑했던 아름다운 여성 데이지를 되찾기 위해 필사적으로 재산을 모은다. 그리고 결혼한 데이지의 집 근처에 저택을 얻고, 하루가 멀다고 호화로운 파티를 열어 근처에 사는 데이지가 혹시나 나타나지는 않는지 기다린다. 드디어 두 사람은 다시 만나 서로 사랑하게 되지만, 데이지는 현재의 결혼 생활을 버리지 못한다. 결국 개츠비는 사람을 치고 달아난 데이지의 뺑소니 죄를 뒤집어쓰고 피해 여성의 남편에 의해 죽음을 맞는다.

하루키는 '군조 신인문학상'의 '수상 소감'에서도 이렇게 말했다.

"피츠제럴드의 '타인과 다른 무언가를 이야기하고 싶다면 타인과 다른 언어로 말하라'라는 문구만을 믿고 의지했지만 당연히 쉽게 이루어질 리가 없었다. 마흔 살쯤 된다면 조금은 만족스러운 작품을 쓸 수 있겠지 하는 생각으로 글을 썼다."

하루키는 데뷔한 이듬해부터 피츠제럴드의 단편을 번역하여 발표했다. 그리고 데뷔 9년 뒤에는 《더 스콧 피츠제럴드 북》이라는 가이드북을 내놓았다. 상당히 두꺼운 책이다. 어떤 내용인지 간단히 살펴보도록 하자.

이 책에는 우선 피츠제럴드에 대한 해설이 있다. 사진과 함께 그가 살았던 곳과 묘지 등의 탐방기도 실려 있다. 그는 스물셋에 열아홉 살의 여인과 결혼했는데, 훗날 소설을 발표하기도 한 아내 젤다 피츠제럴드에 대한 짧은 기록도 실려 있다. 젤다는 평판이 높은 미인이었지만, 이십 대부터 정신질환을 앓기 시작해 입원과 퇴원을 반복하다가 남편 스콧이 세상을 떠나고 팔 년 뒤, 병원에서 일어난 화재로 인해 마흔여덟 살의 나이로 사망했다. 젤다 역시 남편 스콧처럼 비극적인 인생을 산 사람이었다. 또한 이 책에서는 영화에 대한 코멘트와 몇몇 단편소설의 번역과 해설을 소개하고 있다.

이 책에서 재미있는 대목은 미국 문학사에서 '베스트 3'로 꼽힐만한 소설을 나열해 그 공통점을 분석하는 부분이다.

'베스트 3'란 멜빌의 《백경》과 피츠제럴드의 《위대한 개츠비》, 샐린저의 《호밀밭의 파수꾼》이다.

그리고 '베스트 3'의 공통점은 모든 주인공이

1. 뜻하는 바가 고귀하며

2. 행동 스타일은 희극적이고

3. 결말은 비극적이다

라는 것이다.

(이후에 하루키가 '인생에서 만난 가장 소중한 책'으로 꼽은 것은 《위대한 개츠비》, 《카라마조프 가의 형제들》, 《롱 굿바이》의 세 권인데, 《위대한 개츠비》는 위의 '베스트 3'와도 겹친다.)

피츠제럴드는 실제로 자신의 소설 《위대한 개츠비》의 주인공 제이 개츠비와 상당히 비슷한 인생을 살았다. 말하자면 희극적이고 파멸적인 인생이다. 주인공과 실제 작가가 위의 세 가지 조건을 충족시키고 있는 것이다.

피츠제럴드 작품 속에 나타나는 빛과 어둠이 교차하는 인생, 허무함과 괴로움의 반복 등은 하루키의 작품과도 공통되는 부분이다.

그리고 무엇보다도 피츠제럴드의 작품에는 미국의 번영과 붕괴의 상황이 자세히 드러나 있다. 그것은 이미 이 세상에 없는 작가의 기술(記述)이며, 하루키를 끌어들이는, 현실에는 존재하지 않는 회상의 세계이자 과거의 세계인 것이다.

《노르웨이의 숲》의 '나'는 학생 시절의 하루키와 상당히 흡사한데, 소설 속 '나'에게도 '최고의 소설'은 《위대한 개츠비》이다. '나'는 이렇게 말하고 있다.

"나는 생각이 날 때면 책꽂이에서 《위대한 개츠비》를 꺼내어 아무 페이지나 펼쳐 들고 그 부분을 한동안 읽는 습관이 있었는데, 단 한 번도 나를 실망시키지 않았다. 한 페이지도 지루한 페이지는 없었다. 어떻게 이리도 멋질 수 있을까, 하고 나는 생각했다. 그리고 사람들에게 그게 얼마나 멋진 소설인지 알려주고 싶었다."

'나'(=하루키)는 "사람들에게 그게 얼마나 멋진 소설인지 알려주고 싶었다"라는 바람을 가이드북과 번역으로 실현한 것이다.

과장된 표현과 농담의 작가
레이먼드 챈들러

또 다른 작가인 레이먼드 챈들러는 미국 하드보일드 미스터리의 원조 중 한 사람으로 꼽히는 작가이다. 스토리는 언제나 로스앤젤레스에 사는 '필립 말로'라는 사립탐정이 직접 이야기하는 사건의 경위로 이루어진다. 작품으로는 《빅슬립》,《안녕 내 사랑》,《롱 굿바이》,《플레이백》 등 일곱 편의 장편소설과 두 편의 단편집이 있다. 하루키는 이 중에 《롱 굿바이》와 《안녕 내 사랑》을 번역했다.

필립 말로는 항상 사건을 쫓다가 위험에 처하는데, 기지를 발휘하여 끝까지 맞서 대처한다. 이를테면 완고하지만 신뢰할 수 있는 남자이며, 자신의 인생철학을 가진 캐릭터이다.

챈들러는 열악한 환경 속에서 석유회사의 임원 자리까지 오르지만, 대공황으로 모든 것을 잃고 마흔다섯이라는 나이에 소설을 쓰기 시작했다. 그도 하루키가 말하는 '아메리칸 드림과 그 붕괴의 이야기'를 직접 체험한 인물이다.

　서양의 다른 작가들처럼 타이프라이터를 사용하지 않고 '만년필로 글을 쓰는 작가'였기도 하여 작품 수는 적은 편이지만 문장마다 매력이 넘친다. 만년에는 아내의 죽음을 계기로 알코올중독에 빠져 일흔 살에 사망했다.

　챈들러 작품의 즐거움은 독특한 비유와 농담에 있다. 미국의 대학에서는 문장표현 교과서에 그의 작품이 인용되고 있다고 한다. 그런데 이 즐거움은 하루키의 문장에서도 공통으로 찾아볼 수 있다. 물론 하루키는 챈들러 작품의 비유와 농담을 그대로 사용하지는 않는다. 그러나 그 발상은 상당히 비슷하다.

　내가 애독했던 챈들러의 《안녕 내 사랑》의 도입 부분을 예로 들어, 하루키가 연상되는 문장을 인용해 보겠다. 비유 부분이거나 결정적인 대목의 한 부분이다.

　"붉은 머리칼의 여자였다. 레이스가 달린 속옷처럼 귀여운 여자였다."

　"목사가 교회의 창문을 깨고 도망치고 싶어질 듯한 금발이었다."

　"경호인은 덴버에서도 들릴 듯이 요란한 소리를 내며 방구석으로 내동댕이쳐졌다."

"그의 미소는 마치 망가진 쥐덫처럼 교활해 보인다."

"폭스테리어 한 마리가 철제 의자 중 하나를 전봇대 대신 사용하고 있었다."

"하버드 대학을 나온 사내가 분명하다. 가정법의 사용이 문법에 꼭 들어맞는다."

"걷게 해줘. 난 이제 어른이야. 화장실도 혼자 간다고."

과장된 비유와 구태의연하지 않은 표현의 재미가 느껴진다.

다음은 하루키의 작품 《1973년의 핀볼》의 도입 부분에서 예를 골랐다.

"그런 거리를, 나는 겨울잠을 자기 전의 곰처럼 여러 개 비축해두고 있다."

"비가 오는 날에는 기관사가 보지 못하고 그냥 지나칠 정도로 초라한 역이야."

"나오코는 고개를 흔들며 혼자 웃었다. 성적표에 줄줄이 A를 늘어놓은 여학생이 흔히 보이는 웃음이었다."

"마치 《이상한 나라의 앨리스》에 나오는 체셔 고양이처럼, 그녀가 사라진 뒤에도 그 웃음만은 남아있었다."

"런던의 면세점에 쌓여 있던 캐시미어 스웨터와 같은 색의 아직 어린 쥐였다."

또한 하루키의 작품에는 챈들러와 공통으로 요란스러운 인물 묘사와 행동의 과장도 많다. 그렇게 해야 이야기가 더욱 흥미진진해지기 때문이다. 하루키의 《세계의 끝과 하드보일드 원더랜드》에는, '하드보일드'라는 단어에서도 짐작할 수 있듯이 과장된 표현이 구사되고 있다. 예를 들면 다음과 같은 구절이다.

"몸집이 큰 사나이는 스위치를 올린 로봇처럼 꿈틀하며 고개를 들고 재빠르게 소파 앞까지 다가왔다. 그리고 내 앞을 병풍처럼 가로막고 섰다. 아니, 병풍이라기보다는 자동차 극장의 대형 스크린이라고 하는 게 더 나을지 모른다. 앞이 하나도 보이지 않았다. 천장의 조명이 그 덩치에 완전히 가려 옅은 색의 그림자가 날 감쌌다. 나는 문득 초등학생 시절에 학교 교정에서 관찰했던 일식을 떠올렸다."

이 '몸집이 큰 사나이'의 덩치와 그가 실내를 파괴해가는 정경은 챈들러 뺨칠 정도로 요란스럽다.

하루키가 꼽았던 또 다른 알코올중독 작가 레이먼드 카버, 헤밍웨이, 윌리엄 포크너도 앞서 베스트 3로 뽑은 작품의 세 조건(뜻은 고귀, 행동 스타일은 희극적, 결말은 비극적)을 실제 인생에서 실현한 작가들이다. 특히 하루키가 '문체'를 거론한 트루먼 커포티는 단편소설의 명수라고 불리는 작가이다. 하루키는 그의 단편에서 볼 수 있는 '고독과 폭력'의 이미지를 좋아했고, 직접 많은 작품을 번역하기도 했다.

헤밍웨이는 《노인과 바다》로 유명한 노벨상 작가이며, 윌리엄 포크너 역시 《성역》으로 유명한 노벨상 작가이다. 두 사람 모두 알코올중독으로, 헤밍웨이는 예순한 살에 자살했고, 포크너는 예순네 살에 심장마비로 사망했다.

트루먼 커포티는 미국 전후문학의 대표적인 작가이다. 《인 콜드 블러드》로 논픽션작가로서 평판을 얻었지만, 알코올중독에 빠져 쉰아홉 살에 심장발작으로 생을 마감했다. 하루키는 《바람의 노래를 들어라》라는 제목을 커포티의 "아무것도 생각하지 마라, 그저 바람 소리에 귀를 기울이자"라는 말에서 힌트를 얻었다고 한다.

하루키의 소설과 닮은
데이비드 린치의 영화

참고로 하루키는 미국 영화감독 데이비드 린치의 팬이다.

린치는 하루키보다 세 살 연상으로, 많은 영화상을 받은 독특한 감독이다. 하루키는 린치가 총지휘 및 감독을 맡았던 TV 드라마 시리즈 〈트윈 픽스〉가 미국에서 방영되던 1991년에 프린스턴 대학의 객원 연구원으로 현지에 있었는데, 이 드라마의 팬클럽에 가입했다고 한다. 드라마의 마지막 회가 방영되었던 밤에는 대학 친구들과 기념파티를 열기도 했다고 한다.

린치의 영화 중에 잘 알려진 작품은 〈엘리펀트 맨〉, 〈사구〉, 〈광란의 사랑〉, 〈스트레이트 스토리〉 정도인데, 이 작품들은 할리우드와 연계하여 만든 작품들이다.

린치가 직접 각본을 맡은 영화인 〈이레이저 헤드〉, 〈블루벨벳〉, 〈로스트 하이웨이〉, 〈멀홀랜드 드라이브〉 등은 하나같이 Another World(또 하나의 세계)의 존재를 알리는 다소 '기묘한' 영화로, 볼 때마다 매번 새로운 이미지를 가져다주는 작품들이다.

린치의 영화에는 기묘한 사건과 기억의 혼란, 인물의 교체 등 비현실적인 정경이 넘쳐난다. 수수께끼는 끝내 수수께끼로 방치하고, 관객이 그것을 풀어야만 한다. 영화를 한 번 보고는 뭐가 뭔지 알 수 없는 경우도 많다. 따라서 할리우드 영화 팬에게 외면받기 일쑤다.

하루키 소설을 통 이해하지 못하겠다는 사람도 있는데, 아마도 린치의 영화와 공통적인 여러 이유가 있기 때문일 것이다.

하루키가 열심히 시청한 TV드라마 시리즈 〈트윈 픽스〉에 대해 살펴보도록 하자. 이 드라마에는 린치도 몇 번인가 몸소 배우로 등장한다.

캐나다와의 국경 지역에 위치한, 쌍둥이처럼 솟은 두 개의 봉우리가 보이는 시골 마을 트윈 픽스에서, 평소 인기가 많았던 여고생 '로라'가 나체의 사체로 발견된다. FBI에서 파견한 수사관이 수사를 시작하고 보안관과 조수가 그를 돕는다. '로라'의 동급생들도 제각각 움직이기 시작하며 '로라' 살인사건의 수수께끼를 풀려고 한다.

수수께끼의 인물로는 다른 세계에서 온, 인간의 영혼을 조종하는 난쟁이(이 난쟁이는 린치의 〈멀홀랜드 드라이브〉에도 등장한다)와 조언을 전하는 거인, 통나무를 품에 안고 그 소리를 듣는 여자, 다중

인격의 외팔이 세일즈맨, 인간에게 옮겨붙어 다니는 악령 등이 등장한다. 그들은 사건을 해결하기 위한 힌트를 주거나, 오히려 헷갈리게 방해를 하기도 한다. 스토리가 직선적으로 전개되지 않는 것은 린치의 작품에서 공통적으로 나타나는 특징이다.

결국 범인은 악령에 빙의된 '로라'의 아버지였던 것으로 밝혀지지만 드라마는 아직 끝나지 않는다. 후반부에 접어들면서 린치가 다른 영화의 촬영 일정 때문에 드라마의 진행을 다른 사람에게 맡겨 전개가 바뀌기도 하지만, 마지막에는 린치가 다시 돌아와 결말을 훌륭하게 마무리한다. 수사관은 숲 속에서 '입구'를 발견하고 다른 세계(춤추는 난쟁이가 사는 붉은 방)로 들어간다. 그러나 그곳에서 빠져나온 그는 악령에 빙의되어 있다.

위와 같은 전개는 하루키가 소설에서 사용하는 방법과 일치하는 부분이 있다.

린치의 영화 속에는 하루키 소설의 풍경이 있고, 하루키의 소설 속에는 린치 영화의 풍경이 있다.

예를 들어, 1985년 작품인 하루키의 《세계의 끝과 하드보일드 원더랜드》의 결말 부분에서 '나'는 '도서관의 여자' 집에 묵는데, 그녀는 '다크블루 벨벳의 원피스'를 입고 있으며 달빛 아래에서 그 옷을 벗고 '나'와 섹스를 한다. 그 푸른 벨벳 원피스를 벗어둔 상태나 그것을 바라보는 '나'의 심리를 묘사하는 부분은 꽤 인상적이다.

1986년에 발표한 린치의 영화 〈블루벨벳〉에서는, 클럽 가수 '도로시'가 푸른 벨벳 드레스를 입고 '블루벨벳'이라는 노래를 부른다. 그리고 그녀를 따라다니는 악당 '프랭크'는 이 벨벳 천에 집착하는 인물로, 언제나 그 천 조각을 가지고 다닌다.

이 경우에는 하루키의 소설이 시기적으로 린치의 영화보다 앞서고 있다.

린치의 영화 속에 하루키 소설의 풍경이 있다는 것은 바로 그러한 것이다.

하루키를 지지한 작가들

《바람의 노래를 들어라》가 '군조 신인문학상'을 받았을 때, 심사위원은 다섯 명이었다.

평론가 사사키 기이치와 작가인 사타 이네코, 시마오 도시오, 마루야 사이이치, 요시유키 준노스케 등 총 다섯 명으로, 다들 문장해석이 뛰어난 인물들이다. 이들 모두는 하루키를 지지했는데, 그중에 미국문학에 정통한 작가인 마루야 사이이치의 코멘트가 특히 설득력이 있다.

마루야 사이이치는 하루키를 커트 보네거트(앞에서 자세히 설명한)와 비교하며 보네거트의 작품에서 보이는 '슬픔'과 '괴로움'이 없고, 라디오 DJ가 낭독하는 아픈 소녀의 편지를 다루는 방식은 '이 신인에게는 버겁기' 때문에 소설을 마무리하기 위한 '장치'에서 멈춰있으나, 거기에서 '일본적 서정'이 느껴진다고 평가했다. 그리고 장차 하루키가 걷게 될 방향을 내다보는 '결정적 한 마디'를 남겼다.

"이와 같은 일본적 서정으로 그려낸 미국식 소설이라는 성격은, 머지않아 이 작가의 독창적인 특징이 될지 모릅니다."

마루야 사이이치의 의견은 그야말로 하루키 문학의 본질을 꿰뚫는 것이었다.

《바람의 노래를 들어라》는 아쿠타가와상 후보에 오르며, 아쿠타가와상 심사위원이기도 했던 마루야 사이이치가 '주목작'으로 지목했지만 결국 낙선했다. 그리고 시게카네 요시코의 《산골짜기의 연기》와 아오노 소오의 《어리석은 자의 밤》이 동시에 수상했다.

이 두 신인은 화제성이 있었다.

시게카네 요시코는 '아사히 컬처센터'의 문예교실 출신 '주부작가'이고, 아오노 소오는 일본 문예가 협회의 회장을 역임한 평론가 아오노 스에키치의 아들로, 두 사람 모두 주목성이 높은 신인이었다. 또한 두 사람은 이미 이전 회부터 아쿠타가와상 후보작가였다. 하루키는 화제성에서도, 후보 이력에서도 두 사람에게 미치지 못했다.

'이번에는 힘들겠지만, 다음 작품을 보고 싶다'라는 다키이 고사쿠와 엔도 슈사쿠의 코멘트는 그나마 나은 편으로, 아예 무시해버리는 심사위원이 많았다. 읽어보고 이해가 되지 않으면 '이건 아니다'라며 거만하게 말하는 그런 사람들이다.

신인상을 받았을 당시에는 요시유키 준노스케도 '근래의 수확이다', '출중하다', '범상치 않은 실력이다' 등등 칭찬을 하고 이렇게 말하기도 했다.

"재능이 있을 뿐만 아니라, 작가의 심지 있는 인간성까지 작품에 보태진 것처럼 느껴진다. 나는 그 점을 높이 산다. '쥐'라는 소년은 결국 주인공 '작자'의 분신이겠지만, 거의 타인으로 그려지고 있다는 점에서도 그 실력을 알 수 있다."

(사타 이네코는 그와는 반대로 '쥐'가 '나'의 '분신'이라는 것은 인정하지만, 양자는 '동일인물이라는 인상'이다, 즉 나뉘어 있지 않다고 말하고 있다.)

그러나 아쿠타가와상 심사에서의 요시유키 준노스케의 코멘트는 신인상 때의 칭찬에 비하면 다소 자제한 느낌이다.

"이번 회에는 표를 준 작품이 없었다. 굳이 꼽자면 무라카미 하루키의 작품."

"아쿠타가와상이라는 것은 여러모로 신인을 괴롭히게 되는 상인데, 이 작품에는 그것을 버텨낼 만큼의 힘은 없다."

그리고 결국 하루키의 작품에 대해 '한 작품을 더 읽어보고 싶다, 확신이 서지 않는다'라며 다소 뒤로 물러서는 느낌을 보였다. 아무래도 시게카네 요시코와 아오노 소오에 대한 평가가 압도적인 자리에서 자신의 주장을 드러내기가 꺼려졌을 것이다.

따라서 '표를 준 작품은 없었다', 다시 말해 '아예 기권하겠다'라며 소극적으로 대항한 것이라고 할 수 있다. 그러한 점은 지극히 요시유키 준노스케답다.

하루키의 두 번째 작품인 《1973년의 핀볼》은 두 번째이자 마지막 아쿠타가와상 후보작이 되었다.

지난 회처럼 마루야 사이이치와 요시유키 준노스케가 지지했지만, 전작의 속편이라는 내용 때문인지 찬성하는 사람은 그다지 없었다. 결국 당시의 아쿠타가와상은 '수상작 없음'이라는 결과로 마무리되었다.

세 번째 작품인 《양을 둘러싼 모험》은 장편소설이기 때문에 아쿠타가와상의 기준인 '신인의 중·단편소설'이라는 틀에서 벗어나 후보에 오르지 못했다.

당시는 일본의 전통적인 창작방법 기반에 미치지 못하면 즉, 지나치게 새로운 경향을 띠면 아쿠타가와상을 받을 수 없었다. 그것은 하루키와 마찬가지로 해외에서 압도적인 지지를 받은 요시모토 바나나에게도 해당하는 사항이었다. 요시모토 바나나 역시 아쿠타가와상은 받지 못했다.

여기서 요시유키 준노스케와 하루키의 관계에 대해 짚고 넘어가도록 하자.

요시유키 준노스케는 문단에서 가장 잘생기고 멋진 인물로 꼽히는 작가이다. 유난히 여성에게 인기가 높은 인물로(나도 몇 번인가 만나봐서 그 인기를 납득할 수 있었다. 활달하면서도 남자다운 사람이다), 세상을 떠난 뒤에도 네 명의 여성(부인 요시유키 후미에, 내연녀 미야기 마리코, 긴자의 호스테스 오오쓰카 에이코, 신주쿠의 호스테스 다카야마 가쓰미)이 각각 책을 내어 '가장 사랑받은 여자는 나'라며 서로 주장했을 정도다.

그러한 요시유키 준노스케가 신인상의 수상식이 끝난 뒤에 하루키를 긴자의 바(Bar)로 데려갔다.

하루키는 당시 상황을 이렇게 말하고 있다.

"요시유키 씨의 '따라오게'라는 얘기에 함께 긴자의 바에 갔다가 가게 여종업원에게 '저녁에는 뭘 먹죠?'라는 질문밖에 하지 못했다."

하루키가 긴자의 바에 간 것은 이때 한 번뿐이었다고 한다.

요시유키 준노스케의 의도는, 어쩌면 하루키를 자신이 몸담은 문단 그룹에 참가시키려던 것일지도 모른다. 요시유키 준노스케는 '무리 짓기'를 선호하는 쪽으로, 다양한 문학상에 관여하며 '문단의 인사부장'이라고도 불렸던 사람이다. 그래서 그는 하루키도 '문단'에 관심이 있을 거라고 착각했을 수도 있다.

이 착각은 이후에 일종의 문제를 낳았다. 하루키가 《비밀의 숲》에서 소개한 이야기에 따르면 다음과 같다.

한 출판사에서 곧 출간하게 될 쇼와문학 전집에 《1973년의 핀볼》을 넣고 싶다고 연락이 왔다. 이 작품은 '부엌소설'이라며 하루키 스스로는 그다지 높이 평가하지 않는다고 앞서 이야기한 바 있다. 그래서 하루키는 '전집에 넣기에는 적합하지 않다'며 제의를 거절했다. 그러나 상대는 '곤란하다'는 반응을 보였다. 이미 '다니자키 준이치로에서 무라카미 하루키까지'라는 전집 팸플릿을 만들었다는 것이다. 물론 하루키에게는 어떤 상의도 없이.

하루키가 다른 작품을 넣을 수 없느냐고 했지만, 상대방은 '분량으로 따져 봐도 이 작품이 적당하다'라며 물러서지 않았다. 결국 하루키는 이 요청을 아예 거절해 버렸다. 그러자 얼마 뒤에 제삼자를 통해 '이번만 양보해주면 안 되겠는가'라는 요시유키 준노스케의 메시지를 받았다. 즉, 이 전집에 관여하고 있는 요시유키 준노스케가 '압력'을 행사한 것이다. 그러나 하루키는 끝내 받아들이지 않았다.

"그러나 나는 개인적으로 요시유키 씨라는 작가를 좋아했기 때문에, 그가 세상을 떠났을 때 장례식장에 찾아가 '죄송했습니다'라고 손을 모으고 고개를 숙였다."

사람들 앞에 나서기를 싫어하는 하루키도 요시유키 준노스케가 세상을 떠났을 때만큼은 조문을 갔다. 1994년 여름 '무서우리만치 더운 오후'의 일이다.

하루키는 이후에 《젊은 독자를 위한 단편소설 안내》에서 요시유키 준노스케의 작품을 톱으로 다루며 자신의 감상을 덧붙였다. 그의 작품을 미국의 대학에서 언급하거나, 책으로 엮을 때도 주요 내용으로 다룬 것 역시 요시유키 준노스케에 대한 진혼(鎭魂)의 의사표시였는지도 모른다.

신인작가는
만들어진다?

요시유키 준노스케는 인터뷰를 통해 다음과 같이 밝혔다.

"작품의 평가는 주관적인 면이 크죠. 만일 비평가 다섯 명이 '이 작품은 걸작이군, 걸작이야'라고 말하면 정말 '걸작'으로 흘러가는 경향이 있습니다."

이것은 상당히 '문단(文壇)적'인 발상이다. 문학상이 '추켜세우기'에 의해 만들어진다는 것과, 신인상을 뽑을 때의 '역학'과 같은 것을 설명하는 발언이기 때문이다. 이것은 문단뿐만 아니라 가단(歌壇), 하이단(俳壇, 하이쿠를 짓는 사람들의 모임 – 옮긴이), 시단(詩壇), 논단(論壇) 등 '단(壇)'이 붙는 경우에 공통되는 현상일 수도 있다.

한편 하루키는 이러한 문단의 구조와 장치를 좋아하지 않는다. 그래서 다음과 같은 코멘트를 쓴 적이 있다.

"모든 단체의 직책을 맡지 않는다, 모든 문학상의 심사위원이 되지 않는다, 모든 만두를 먹지 않는다, 하는 신념으로 살고 있다."

여기에 '모든 라멘은 먹지 않는다'는 얘기를 덧붙여도 좋을 것이다. 하루키에게 단체의 직책이나 문학상의 심사위원은 만두나 라멘처럼 생리적으로 맞지 않는 모양이다.

그래서 하루키는 '문단적'인 작가나 비평가에게 미움을 받기 일쑤다. 무시당하거나 매도당하기도 한다. 그러나 데뷔 이래 하루키는 어떤 것에도 흔들리지 않고 독자만을 중시한다는 마음가짐을 일관되게 유지하고 있다.

"나는 대부분의 문단주류파에게 마치 사갈(蛇蝎, 뱀과 전갈)처럼 미움을 사고 있지만, 어쨌든 개인적으로 그러한 세계와는 인연 자체가 없기 때문에 딱히 지장은 없습니다. 나에게 가장 중요한 것은 나 자신이며, 돈을 내고 책을 사서 귀중한 시간을 소비하며 읽어주는(도서관에서 빌리는 것도 상관없습니다만) 독자입니다."

하루키는 《1Q84》를 통해 문학상의 구조를 철저히 조롱하고 있다.

입시학원에서 수학 강사를 하며 소설을 쓰는 '가와나 덴고'는 문예잡지의 신인상 응모원고 검토를 부탁받고 독특한 작품을 만난다. 고교 3학년인 '후카에리'가 쓴 〈공기 번데기〉라는, 거칠지만 이미지가 풍부한 작품이다.

편집자인 '고마쓰'는 이 여고생이 신인상을 받고 유명세를 타게 할 계획을 세운다. 그리고 '덴고'에게 심사위원들의 마음에 들 수 있게 작품을 고쳐달라고 의뢰한다.

'덴고'가 만나본 '후카에리'는 호리호리하고 가슴 모양이 예쁜 미소녀였다. 읽고 쓰기에 서투른 그녀는, 〈공기 번데기〉는 자신이 이야기한 것을 두 살 어린 다른 소녀가 받아쓴 것이라고 말한다. 그리고 작품을 고쳐도 좋다고 허락한다.

수정을 마친 소설은 심사위원 네 사람의 만장일치로 신인상에 낙점된다. 그리고 '덴고'는 '고마쓰'의 부탁으로, '후카에리'에게 기자회견에서의 대응법과 옷차림에 대해 조언을 한다. 미소녀인 '후카에리'는 기자들에게 호의적인 인상을 주며 신문에 사진과 함께 기사가 실리게 된다. 그 결과, 신인상 작품을 게재한 잡지는 곧바로 매진되고 단행본은 미처 인쇄 속도가 따라가지 못할 정도로 팔려나가 베스트셀러에 오른다.

위 이야기의 포인트를 정리해 보자.

1. 신인상 후보작을 미리 읽는 사람의 능력에 따라 좋은 작품이 발견되기도 하고 묻히기도 한다.

2. 편집자는 '여고생' 등 미디어가 환영할 만한 요소가 있다면 적극적으로 홍보한다.

3. 편집자는 수상을 위해서라면 타인에게 작품을 고치게 하

기도 한다.

4. 편집자는 경쟁상대가 될 만한 작품을 마지막 후보에서 제외할 수가 있다.

5. 심사위원들은 그렇게 올라온 작품에 '맞장구'를 쳐준다.

6. 편집자는 작가가 미디어와 친해질 수 있도록 조언을 한다.

7. 미디어가 호감을 보이고 홍보를 해주면 베스트셀러가 탄생한다.

충분히 있을 법한 이야기이다. 선례로 여고생 시절 '문예상'을 수상하고 열아홉 살에 아쿠타가와상을 받은 와타야 리사가 떠오른다. 물론 이런 일은 없었겠지만.

아무튼 하루키가 묘사한 '신인작가 만드는 법'은 상당히 신랄하다. 이제는 붕괴해가고 있다는 '문단'에 대한 처음이자 마지막의 하루키식 인사인지도 모른다. 그러나 '아니 땐 굴뚝에 연기 나랴'라는 말처럼 어느 정도는 신빙성이 있어 보인다.

하루키 이상으로 신랄하게 문단과 편집자를 비꼰 작가로 쓰쓰이 야스타카가 있다. 쓰쓰이 야스타카도 나오키상 후보에 올랐으나 상은 받지 못했다. 다양하고 뛰어난 실험소설을 썼지만, '문단'으로부터 별다른 평가를 받지 못한 작가다.

《소설 일본문단》에서 나오키상 후보에 오른 젊은 남성작가는 상을 받기 위해 심사위원들에게 접근하여 선물을 하고, 동성애자인 심사위원에게는 몸까지 내준다. 그러나 결국은 낙선을 하고 미치광이가 되어, 심사위원을 총으로 쏴 죽인다.

〈양돈의 실제〉에서는 편집자들이 작가를 '땅돼지', '물돼지'라고 부르며, 그 녀석은 치켜세워주면 글을 잘 써낸다, 그 녀석은 돈이 떨어지면 글을 쓰지 못하니까 얼마간 돈을 쥐어주자, 하고 서로 상의를 한다. 즉, 작가를 돼지에 비유하며 사육한다는 것이다.

그러나 사실 하루키는 신인상의 취지를 완전히 부정하지는 않는다. 그는 다음과 같은 말을 하기도 했다.

"문예지의 신인상처럼 편리한 '신인작가 발굴' 시스템이 있는 나라는 드물죠. 다른 나라의 젊은 작가지망생들은 데뷔를 하기 위해 고군분투를 하지요."

소설은 이런 식으로 쓴다

　하루키의 '소설 쓰는 방법' 중 하나로 '듣고 쓰기'라는 것이 있다. 단편집《회전목마의 데드히트》의 '머리말'에는 이런 내용이 있다.

　"소설을 쓸 때, 나는 내 스타일이나 소설의 전개에 따라 극히 무의식중에 소재가 될 만한 일화를 떠올린다. 그러나 내 소설과 나의 현실 생활은 구석구석 빈틈없이 일치하는 게 아니어서 (그렇게 말하자면 나 자신과 내 현실 생활 역시 일치하지 않는다), 아무래도 내 속에는 소설로 채 쓰이지 못한 앙금 같은 것들이 쌓인다. 그리고 그 앙금은 내 의식 밑바닥에서, 어떤 형태를 빌려 이야기될 기회가 오기를 기다리고 있다.

　이러한 다양한 종류의 앙금을 쌓아두게 된 원인 중 하나는 내가 타인의 이야기를 듣는 것을 좋아하기 때문일 거라 생각한다. 솔직히 말해 나는 내 이야기를 하기보다는 남의 이야기를 듣는 것을 훨씬 좋아한다. 덧붙여 나에게는 타인의 이야기 속에서 재미를 찾아내는 재능이 있는 게 아닐까 생각할 때가 있다."

하루키가 여러 사람의 이야기를 듣는 것을 좋아한다는 사실은, 60명 이상의 지하철 사린사건 피해자와 관계자의 이야기를 듣고 칠백 페이지가 넘는 《언더그라운드》라는 두꺼운 논픽션을 써낸 것을 봐도 알 수 있다.

이러한 '듣고 쓰기'의 형식을 취하는 창작방법은 가령, 단편 〈풀사이드〉에서 더욱 구체적으로 쓰이고 있다. 수영장에서 항상 마주치는 같은 스포츠클럽 회원인 남자가, 작가인 '나'에게 자신의 이야기를 한 뒤 질문을 한다.

그 남자는 서른다섯이라는 나이를 '인생의 반환점'이라고 생각하고 있다. 그는 한때 잘 나가는 수영선수였는데, 대학을 졸업하고 나서는 교재 영업사원이 되어 높은 수입을 올렸다. 스물아홉 살에는 좋은 집안에서 자란 다섯 살 연하의 여성과 결혼을 하고, 아버지의 부동산 회사를 통해 아카사카에 있는 방 셋에 거실과 부엌이 딸린 맨션을 싸게 구입했다. 자동차는 녹색 MG(영국의 소형 스포츠카 브랜드 - 옮긴이)였다. 지금은 가끔 만나는 아홉 살 연하의 애인도 있다. 서른을 넘기면서 살들이 처지기 시작했지만, 다이어트와 운동으로 극복했다. 그리고 서른다섯 살이 되어 인생의 절반을 살았다고 느낀 순간, 그는 울음을 터뜨렸다. 더는 무엇을 갈망하면 좋을지 몰랐던 것이다.

"이봐, 자네는 소설가로서 이 이야기를 어떻게 생각해? 재밌다고 생각하나, 아니면 지루하다고 생각하나? 솔직하게 대답해줬으면 좋겠네."

"재밌는 요소가 있는 이야기라고 생각해"라고 나는 신중하고 솔직하게 대답했다.

"하지만 난 이 이야기의 어디가 재밌는지 전혀 이해가 안 돼. 난 이 이야기의 중심에 있는 일종의 특이점이라고 할 만한 것을 찾을 수가 없거든. 그리고 만약에 그것을 알아낸다면 나는 나를 둘러싸고 있는 상황을 더 잘 이해할 수 있을 것 같다는 생각이 들어."

"난 자네 이야기에는 아주 재밌는 부분이 있다고 생각해. 소설가의 눈을 통해 말해도 좋다면 말이지. 하지만 대체 이 이야기의 어디가 재미있는가 하는 것은 실제로 손을 움직여 원고지에 써보지 않으면 알 수 없다네. 그런 거야. 내 경우에는 글로 써보지 않으면 세상사의 모습이 잘 보이지 않거든."

단순히 상대방이 주절주절 떠드는 것을 듣기만 해서는 소설이 완성되지 않는다. 여기에서의 포인트는 무엇 하나 부족함 없이 사는 남자가 서른다섯을 넘기며 울음을 터뜨렸다는 것, 그리고 그 남자는 자신의 이야기의 재미를 알지 못한다는 점이다.

하루키가 말하는 '남의 이야기 속에서 재미를 찾아내는 재능'이란, 아마도 이런 이야기를 한 편의 소설로 만들어내는 식의 재능일 것이다.

하루키는 훗날 《회전목마의 데드히트》에 대해 이렇게 말했다.
"하지만 이것들은 – 지금이니까 고백하는 것이지만 – 온전히 창작이다. 이 이야기들의 모델은 전혀 없다. 하나부터 열까지 나의 창작이다. 나는 그저 '듣고 쓰기'라는 형식을 이용하여 이야기를 만들었을 뿐이다."

즉, 《회전목마의 데드히트》의 머리말에서,
"역기 수록된 문장은 원칙적으로 사실에 준하고 있다. 나는 많은 사람들에게서 다양한 이야기를 듣고 그걸 문장으로 옮겼다"라며 천연덕스럽게 이야기한 것을 완전히 뒤집어엎은 것이다. 이것은 단순한 '듣고 쓰기라는 형식'에 지나지 않는다라고.

하루키는 '거짓말'에 대해 이런 이야기를 한 적도 있다.
"나는 거짓말에 서투르다. 하지만 거짓말을 하는 것 자체는 그렇게 싫어하지 않는다."
"심각한 거짓말은 잘 못하지만, 해가 없는 엉터리 말은 꽤 즐긴다."

하루키가 소설을 쓰기 시작할 무렵, 아파트에 신문 영업사원이 몇 번이나 찾아왔다.

'신문은 안 보니까 필요 없습니다'라며 돌려보내도 끈질기게 찾아오기에 거울을 보며 연습을 하고, '한자를 읽을 줄 몰라서 신문은 안 봅니다'라고 말해 거절할 계획을 세웠다.

실제로 이 방법은 효과가 있었고, 다들 두말없이 돌아갔다고 한다.

'한자를 읽을 줄 몰라서'라는 대사를 '거울을 보며 연습'하는 하루키의 얼굴은 상상만 해도 웃음이 난다.

하루키 소설의 특색은 현실에서 생긴 일을 그대로 표현하는 것이 아닌 뭔가 다른 것으로 바꾸는 것, 소위 우화(寓話)로 바꾼다는 점이다. 가끔 하루키의 소설은 이해하기 어렵다는 반응이 나오는 것도, 소설에 담긴 것을 독자 자신의 현실 문제로 가져오기 어려울 때가 있기 때문이다.

"소설이란 설명하는 것이 아니죠. 대사든 그 밖의 문장이든 많은 부분을 설명해서는 안 됩니다. 말하고 싶은 것을 있는 그대로 표현하지 않고 뭔가 다른 형식을 빌려 나타내는 것, 이것이 소설의 본연의 자세지요."

하루키가 생각하는 '소설을 읽는다'는 것은, 작품에 담긴 '뭔가 다른 것'을 작가가 '전하고 싶어 하는 것'으로 환원하는 작업이라고 할 수 있다.

하루키는 다른 식으로도 설명하고 있다.

"즉, '이것이 답이다'라고 시원스레 내놓는 것이 아니라, 거기에 있는 혼돈성을 다른 혼돈성으로 적절하게 바꾸어 가는 것. 내가 소설을 쓸 때 어렴풋이 염두에 두는 것은, 간단히 말해 그런 것입니다."

작가는 답을 주지 않는다. 답을 주기는커녕 자기 자신조차 답을 모르는 경우가 있다.

"《태엽 감는 새》만은 나 자신도 뭐가 뭔지 잘 모릅니다. 예를 들면 왜 이러한 행동을 한 것인지, 그 행동은 어떤 의미를 가졌는지 등, 이야기를 쓰는 나조차도 알 수가 없습니다."

답을 내놓는 것은 독자들 각자의 몫이다.

도시 속의 고독

　하루키가 도시의 '외아들'로 태어나 자란 것은 하루키 작품의 중요한 테마인 '인간의 고독', '인간존재의 의미' 등을 만들어 내는 데에 크게 작용했다. 현대 인간들은 지역공동체나 혈연공동체와의 관계가 희박하고, 마지막 공동체인 가족과도 뿔뿔이 흩어지는 일이 잦다. 말하자면, 현대에는 '고독'이 전면에 나서고 있으니만큼 사람들은 '고독'이라는 테마를 순순히 받아들일 수 있는 것이다.

　요즘은 외동아들이나 외동딸이 많지만, 베이비붐 시대에 태어난 하루키는 '단카이 세대'로, 당시 외동아이는 상당히 드물었다. 동물원의 판다처럼 신기한 아이라며 호기심 어린 시선을 받기도 했다. 외동아이라는 이유만으로 놀림을 받거나, 따돌림을 당하는 일도 있었다고 한다.

그러한 편견은 다수파에 의한 '소수자 차별'과 같은 것에서 비롯된 게 아닌가 한다. 더욱이, 부모의 관심이 집중된다는 것에 대한 다른 아이들의 '질투'와, 자식이 하나라 손이 많이 가지 않는다는 것에 대한 다른 부모들의 '부러움'도 내포되어 있을지 모른다.

단, 하루키에 따르면 외동아이에게도 장점은 있다.

"외동아이의 좋은 점은 혼자 있어도 그다지 고독하다고 느끼지 않는다는 것."

"이주일쯤 누구와도 말을 하지 않아도 별로 고통스럽지 않다"라는 것이다.

그러나 이런 성격은, '무리' 안에서 자신의 입지를 지키려는 다수파의 사람들 눈에는 '이단(異端)'으로 보여 괴롭힘을 당할 수 있다.

하루키 소설의 남자 주인공은 초기 작품부터 하나같이 형제자매가 없거나 혹은 형제자매에 대한 설명이 전혀 없다. 특히 주인공의 '외동아이 체험'이 직접적으로 드러나며 중요한 테마가 되는 작품은 《국경의 남쪽, 태양의 서쪽》이라는 장편소설이다.

주인공인 '나'는 서른일곱 살로 두 아이가 있다. 장인의 도움으로 도쿄 아오야마에 고급 바(Bar) 두 곳을 운영하고 있으며,

방 넷에 거실과 부엌이 딸린 아오야마의 맨션과 하코네의 별장, 고급 BMW 자동차를 소유하고 있다. 그런데 갑자기 마음속에 이변이 일어난다.

《댄스 댄스 댄스》에서는 서른네 살, 〈풀사이드〉에서는 서른다섯 살, 《노르웨이의 숲》에서는 서른일곱 살인 주인공 들은 인생의 거의 절반을 살았다고 생각하며 마음속에 휑하니 구멍이 뚫렸다고 느낀다. 그처럼 《국경의 남쪽, 태양의 서쪽》의 '나'는 이제 갈망할 것이 아무것도 없고 인생 자체가 허무하다는 생각을 갖는다.

그러한 '나'의 마음속에 들어온 것은, 초등학교 동급생으로 자신과 같은 '외동아이'였던 여자아이 '시마모토'였다. 잡지에 '나'의 가게 기사와 사진이 소개된 것을 보고, 25년 만에 나타난 것이다.

그녀는 예전에는 다리가 불편했는데, 이후에 치료를 받아 완쾌하고 아름다운 여성의 모습으로 나타났다. '나'는 그녀와 만나기 시작하지만 그녀가 현재 어떻게 지내고 있는지는 알 수가 없다. 아무래도 누군가의 애인인 듯하다. '나'는 그녀가 아기의 유해를 강에 뿌리러 가는 길을 함께 하고, 그녀가 죽길 원하는 것 같다는 생각을 한다. 얼마 후 '나'와 그녀는 하코네의 별장에서 섹스를 나누고, 다음 날 아침 그녀는 어딘가로 사라져 버린다. 그리고 '나'는 일상생활로 돌아오지만, 허무함만이 남는다.

어린 시절의 교제는 두 사람 모두 외동아이라는 친근감에서 출발했다.

"초등학교에 다니는 6년 동안 나는 단 한 명의 외동아이밖에 만나지 못했다. 단 한 명뿐이었다. 나는 그녀와 친한 친구가 되었고 둘은 여러 이야기를 나눴다. 마음이 통했다고 해도 좋을 것이다. 그리고 나는 그녀에게 애정을 품고 있었다."

그리고 외동아이가 어떤 취급을 받았는지에 대해서 다음과 같이 묘사하고 있다.

"사람들은 형제가 없다는 이야기만 듣고 반사적으로 이렇게 생각한다. 이 녀석은 외동아이니까 부모가 응석받이로 키워서 허약하고 아주 버릇없는 아이일 게 틀림없어, 라고. 사람들의 그러한 판에 박힌 듯한 반응은 나를 적잖이 질리게 하고 상처를 줬다."

"어린 시절, 나는 이 '외동아이'라는 말이 싫어서 견딜 수가 없었다. 그 말은 언제나 나를 향해 손가락질을 하고 있었다. 넌 불완전한 인간이야, 라고."

'시마모토'는 5학년이 끝나갈 무렵에 전학을 오고, '나'와 집이 가깝다는 이유로 옆자리에 앉게 되면서 이야기를 나누기 시작했다.

"우리가 둘 다 외동아이라는 것을 안 다음부터는 우리의 대화는 급속하게 화기애애하고 친밀하게 변해가고 있었다. 우리는 외동아이라는 것이 어떤 것인가에 대해 꽤 열심히 이야기를 나누게 되었다. 우리는 그것에 대해서는 말하고 싶은 것이 정말 많았다."

즉, '우리'는 스스로의 '불완전함'을 친근한 사이로 발전해 가면서 서로 보완했다고 볼 수 있다.

'나'는 열두 살 때 딱 한 번 '시마모토'에게 손을 잡힌 적이 있는데, 그 일은 '나'의 기억 속에서 지워지지 않았다. 이 부분은 《1Q84》의 '덴고'가 동급생인 '아오마메'에게 손을 잡혔던 열 살 때의 기억에서 벗어나지 못한다는 대목과 비슷하다. '덴고'와 '아오마메'도 외동아이다. 손을 잡는다는 행위는 관계의 확인이라고 할 수 있다.

중학교에 올라간 두 사람은 떨어지게 되고 곧 교제도 끊겼다. 그리고 25년 뒤에 재회했을 때, '시마모토'가 안고 있던 '고독'은 무서울 정도였다. 남에게 말할 수 없는 현재의 생활, 죽어버린 아기의 뼈……, 그것들은 '나'의 마음에 사무쳤다.

즉, 이 소설에서 표현된 '고독'은 외동아이의 그것과 겹치고 있다.

하루키는 '인생'에 대해 이런 말을 했다.

"사람은 나이가 들면 그만큼 점점 고독해져 간다. 모두가 그러하다. 우리의 인생이라는 것은 어떤 의미에서 고독에 익숙해지기 위한 하나의 연속적인 과정에 불과하다."

요컨대 인생이란 고독으로 향하는 일종의 과정이라는 것이다.

이와 같은 고독의 감각은, 나는 대체 누구인가, 나는 무엇을 갈망하면 좋을 것인가 하는 '자아 찾기' 즉, '아이덴티티의 추구'로 발전한다.

'자아 찾기'의 테마

'자아 찾기'를 '아이덴티티의 추구'라고 바꿔 말할 때의 '아이덴티티(identity)'란 무엇일까.

하루키는 《세계의 끝과 하드보일드 원더랜드》에서 '박사'를 통해 이렇게 설명하고 있다.

"아이덴티티란 무엇일까? 한 인간이 가진 과거 기억의 집적으로 초래된 사고 시스템의 독자성을 말하지. 더욱 간단하게는 마음이라고 불러도 좋아. 인간 각자에게 똑같은 마음이라는 것은 존재하지 않지. 하지만 인간은 자신의 사고 시스템의 대부분을 파악하고 있지 않네. 나도 그렇고, 자네도 그렇지."

따라서 자신의 마음을 '파악'하기 위한 추구가 시작되는 것이다.

일본의 근대 소설에는 '나'를 중심 테마로 한 작품이 많다. 이것은 한 사회에서 개인을 어떻게 파악하는가가 근대 작가들의 커다란 테마였기 때문이다.

그러나 실제로 그것을 테마로 한 소설은 사회와의 대립이나 가족과의 대립과 같이, 대립을 축으로 개인의 자립을 가늠하는 작품이 중심이었다. 그것은 '타인과 나'와의 관계를 추구하는 것이라고 할 수 있다.

여기에서 이야기하는 '자아 찾기'란 그다음의 문제이다. 즉, '자립한 다음'의 '개인'이 '나란 무엇인가', '나는 어디에 있는가', '나의 존재 이유는 무엇인가'를 추구하는 것을 말한다.

하루키가 지금까지 발표한 장편소설들은 모두 '자아 찾기'를 중요한 테마로 삼고 있다.

주인공의 '분신'(내 안의 또 다른 나)에 주목하며 생각해 보자.

《바람의 노래를 들어라》, 《1973년의 핀볼》, 《양을 둘러싼 모험》, 《댄스 댄스 댄스》로 이어지는 4부작은 모두 '나'와 분신인 '쥐'(죽은 뒤 그 영혼은 '양 사나이'가 된다)가 등장하여 '자아 찾기'에 나선다.

그 외에 분신이라고 볼 수 있는 남성인물이 등장하는 소설로는 《세계의 끝과 하드보일드 원더랜드》가 있다. 이 소설에는 정보를 지키는 '계산사'인 '나(私, 와타쿠시)'와 그의 무의식 세계에 존재하는 또 하나의 인격인 '나(僕, 보쿠)'가 나온다. 여기에서는 '나(私)'와 '나(僕)'의 '자아 찾기'가 병행하여 이루어지고 있다.

(私(와타쿠시)와 僕(보쿠)는 모두 '나'를 지칭하는 1인칭대명사이다. – 옮긴이)

한편, 남녀 인물이 서로의 분신이라는 의미를 갖는 경우로는 《국경의 남쪽, 태양의 서쪽》의 '나'와 '시마모토', 《스푸트니크의 연인》의 '나'와 '스미레', 《1Q84》의 '덴고'와 '아오마메' 등이다. 이때에는 남녀 두 사람이 서로의 마음을 채워가며 '자아 찾기'를 추구한다.

여성끼리 분신이라고 볼 수 있는 인물들도 있다. 《스푸트니크의 연인》의 '스미레'와 '뮤', 《태엽 감는 새》의 '마루타'와 '구레타' 자매, 《어둠의 저편》의 '에리'와 '마리' 자매 등이다. 여기에서는 한쪽이 다른 한쪽의 존재를 쫓아가는 방식으로 '나란 무엇인가'에 대한 답을 찾으려고 한다.

《노르웨이의 숲》, 《태엽 감는 새》, 《해변의 카프카》에서는 남자주인공(모두 외아들)이 다른 인물들과의 관계에 따라 자신을 성장시키거나 수정해 가면서 '자아 찾기'를 실현해나간다.

이러한 하루키의 '자아 찾기' 테마의 밑바닥에는 언제나 인간의 '고독', '독립'이라는 감각이 깔려있다. 가령 수많은 사람에게 둘러싸여 있거나 주위에 사람이 많으면 많을수록 '인간은 고독하다'는 느낌에 빠져버리는 식의 감각이다.

그리고 '외동아이'는 어릴 때부터 이러한 감각에 둘러싸여 자라온 인간이다. 따라서 만일 하루키의 문학을 '자아 찾기의 문학'으로써 받아들일 수 있다면, '외동아이 문학'이라고 바꿔 생각할 수도 있을 것이다.

나는 현대를 살아가는 사람들 사이에는 위의 '외동아이'와 같은 감성이 널리 퍼져 나가고 있다고 본다. 또한 그것 역시 하루키의 소설이 사랑받는 이유 중 하나일 수도 있다.

이상한
나라로의 초대

그곳에는 앨리스와
치히로도 있을까?

4장

옛날이야기처럼

하루키의 소설을 읽는 방법으로, '옛날이야기처럼 읽으면 되지'라는 사람도 있다.

어떤 의미에서는 맞는 말이다. 하루키의 작품에는 환상과 비현실이 넘쳐나고 있기 때문에, 우리 사회의 현실에서 일어나는 이야기와는 크게 다르다. 그것은 '있을 법하지 않은 것'의 세계로, '현대판 옛날이야기'라고 부를 수 있는 요소가 상당히 많다.

그런데 '옛날이야기'란 무엇일까?

'아이들을 위한 판타지'라는 것은 확실하지만, 그 '구조'는 어떻게 이루어져 있을까.

'옛날이야기'를 해독하는 이론은 많이 나와 있는데, 그중에 러시아의 블라디미르 프로프라는 학자의 이론이 특히 유명하다. 프로프는 수많은 옛날이야기를 분석하여, 그 안에는 '31개의 기능'과 '7개 영역'이라는 공통 요소가 있다는 것을 발견했다.(자세히 알고 싶은 독자는 프로프의 《민담 형태론》을 참고하기 바란다.)

인기 게임 '드래건 퀘스트'(Dragon Quest, 중세의 기사가 마왕을 물리친다는 내용의 롤플레잉 게임)는 이 프로프의 이론을 참고해 만들어졌다고 하며, 그 밖에도 수많은 판타지 계열의 게임에 응용되고 있다.

하루키의 소설도 프로프의 이론을 바탕으로 분석해보면, 특히 《태엽 감는 새》나 《해변의 카프카》 등은 전형적인 '옛날이야기'의 구조를 갖고 있다는 것을 알 수 있다.

하루키의 작품은 소설인 동시에 설화이며 옛날이야기인 것이다.

그런데 잘 생각해 보면 옛날이야기 중에는 이해하기 어려운 이야기가 많다.

'옛날이야기'의 의미를 보다 쉽게 이해하기 위해 하루키의 '양 사나이'를 둘러싼 세 가지 이야기에 주목해 보자.

'양 사나이'란 머리부터 양의 탈을 푹 뒤집어쓴 신장 150센티미터 정도의 땅딸막한 남자로, 하루키 작품 속의 수수께끼 캐릭터 중 한 사람이다.

하루키가 어린이를 위해 쓴 그림책 《양 사나이의 크리스마스》를 보면 이해가 빠를 것이다.

이 그림책의 그림은 사사키 마키가 그렸다. 사사키 마키는 《바람의 노래를 들어라》를 비롯해 《빵가게 재습격》 등 고단샤와 분슌이라는 출판사에서 출간한 하루키의 책 표지를 담당한 일러스트레이터 겸 삽화가이다. 하루키의 초기 소설 세계를, 강한 선과 짙은 색의 물감을 사용해 환상적으로 그려내 표지를 장식한 인물이다.

이 그림책에는 하루키의 초기 작품의 캐릭터들이 여럿 등장한다. '양 사나이' 외에도 '양 박사', '쌍둥이 자매', '바다까마귀 부인' 등이다. 새로운 캐릭터로는 '난데모나시'('아무것도 아님'이라는 뜻-옮긴이)가 있다. 이 '난데모나시'는 16년 뒤에 나오는 미야자키 하야오의 애니메이션 〈센과 치히로의 행방불명〉의 '가오나시'(얼굴 없는 요괴)를 예측한 듯한 특이한 캐릭터이다.

도넛 가게 점원이며 피아노를 잘 치는 '양 사나이'는, 양 사나이 협회로부터 '성양상인(聖羊上人)'을 위한 크리스마스 노래의 작곡을 의뢰받는다. 그러나 아무래도 곡이 떠오르지 않는다. '양 박사'의 설명에 따르면, '양 사나이'가 '성양상인'의 기일에 구멍이 뚫린 도넛을 먹어서 '성양상인'이 저주를 걸었기 때문이며, 그 저주를 풀기 위해서는 '성양상인'이 떨어져 죽은 구멍과 똑같은 구멍을 파서 그 안에 떨어져야 한다는 것이다.

'양 사나이'는 구멍을 파고 그 안으로 들어가는데, 어찌 된 노릇인지 옆으로 구멍이 뚫려 있다. 그리고 그곳을 빠져나가자 숲 속이 나온다. '난데모나시'의 충고대로 샘으로 뛰어들어 저주를 푼 '양 사나이'는, '성양상인'의 크리스마스 파티에 초대를 받는다. 파티에는 모든 등장인물이 모였고, '양 사나이'는 모두의 앞에서 피아노로 새로운 곡을 연주한다. 이때 '양 사나이'는 꿈에서 깨어난다.

'양 사나이'는 무력하고 가난하며, 저주를 풀기 위해 온갖 고생을 하는 마음 약한 캐릭터이다. 독자에게 '사랑받을 수' 있도록 설정되어 있는 것이다.

그리고 단편 〈도서관 기담〉과 그림책 판인 《이상한 도서관》에서 지하 감옥 파수꾼으로 등장하는 '양 사나이'도 도서관의 '노인'에게 혹사당하는 무력한 인물로 그려지고 있다.

한편, 《양 사나이의 크리스마스》보다 1년 앞서 발표한 《양을 둘러싼 모험》과 3년 뒤에 발표한 《댄스 댄스 댄스》에 등장하는 '양 사나이'는 공통적으로 기이하고 영적인 존재이다.

《양을 둘러싼 모험》에서 '나'가 친구 '쥐'의 홋카이도 오두막에 도착하자 '양 사나이'가 '나'에게 말을 걸어온다. 그는 거울에는 모습이 비치지 않기 때문에 사실은 실존하지 않는다는 것을 알 수 있다. 자살한 '쥐'의 영혼이 그의 몸을 빌려 출현한 것이다. 즉, 여기에서 '양 사나이'는 '쥐'의 영혼을 '나'에게 소개해 주는 역할을 맡고 있다.

《댄스 댄스 댄스》의 '양 사나이'는 삿포로의 호텔에서 '나'와 만난다. 이전에 그곳에 있던 옛 호텔 건물에는 양에 관한 자료를 수집하는 양 연구가 '양 박사'가 살고 있었다. '양 사나이'는 이 호텔을 거처로 삼고 자신을 찾는 사람에게만 모습을 나타낸다. 그의 역할은 많은 것을 상실하고 세계와의 유대를 잃어가는 사람들에게, 제각각인 관계를 다시 한 번 맺어주는 것이었다. '나'는 '양 사나이'와 만나고, 그리고 호텔 프런트의 여성과 관계를 맺음으로써 자아를 회복한다.

이 두 소설에서의 '양 사나이'는 모두 양과 관련된 장소에 나타난다. 그리고 《양을 둘러싼 모험》에서는 '나'와 '쥐'를 연결하는 영매(靈媒)의 역할을 다했으며, 《댄스 댄스 댄스》에서는 더욱 강력한 존재로 출현하여 자아를 잃어가는 인물에게 세계와의 관계를 되살릴 수 있는 단서를 준다.

'양 사나이'는 그림책은 물론 소설에서도 현실 세계의 사람이 아닌 인물이지만, 그림책에서는 어린이에게 사랑받음직한 마음 약한 인물로 그려지며, 초기 작품의 캐릭터들과 함께 등장해 초기 작품의 옛날이야기적인 성격을 강조하고 있다. 소설에서의 '양 사나이'는 강한 영력(靈力)을 가진 존재로 그려지고 있어, 그림책 세계를 바탕으로 소설의 세계가 구축되어 있다고 생각하면, '옛날이야기'로써의 소설의 성격을 확연히 알아볼 수 있을 것이다.

하루키는 갈수록 이야기라는 것이 복잡해져 가는 현대에 대해,
"사람들은 근본적으로 익숙하지 않은 이야기를 원하고 있는
지도 모른다"라고 말했다.
현대인들이 '익숙하지 않은 이야기'를 원하고 있다는 이 표
현은, 다시 말해 현대인들은 '옛날이야기'를 원하고 있다고 해
석해도 좋을 것이다.

갑자기
사라지는 존재들

　하루키의 소설에서는 종종 인간이나 동물, 물건이 사라진다. 이유도 모른 채 갑자기 행방불명이 되는 것이다. 이른바 '가미가쿠시'(神隠し, 갑작스러운 행방불명을 말하여 옛날에는 신령의 소행이라고 믿음)와 같은 느낌이다. 만일 이야기의 형식에 '가미가쿠시 유형'이라는 것이 있다면 하루키의 소설 대부분은 '가미가쿠시 유형'에 꼭 들어맞는다.

　인간의 실종도 많으며 특히 여성들의 실종을 인상적으로 다루고 있지만, 여기에서는 동물의 경우를 살펴보도록 하자.

　가장 자주 사라지는 동물은 물론 고양이다.

　우선, 소나무에 올라간 뒤로 사라져버린 고양이. 이 이야기는 장편소설인 《스푸트니크의 연인》과 그 원형(原型)인 단편 〈인육 먹는 고양이〉에 등장한다.

"집에서 키우던 얼룩 고양이가 뜰에서 혼자 놀고 있었다. 얼마 뒤에 고양이는 《꼬마 블랙 삼보》에 나오는 호랑이처럼, 엄청난 기세로 소나무 주변을 빙글빙글 돌기 시작했다. 그렇게 한바탕 돌고는 가장 꼭대기의 소나무 가지까지 한달음에 뛰어 올라갔다. 올려다보니 아득한 높이의 가지 사이로 고양이 머리가 보였다."

"시간이 흘러 저녁이 가까워져 오고 주변이 점점 어둑해지기 시작했다. 곧 주변은 캄캄해졌다. 그리고 고양이는 그것을 마지막으로 자취를 감춰버렸다."

이 이야기의 고양이는 하늘의 저 너머로 사라져 버렸다.

장편소설 《태엽 감는 새》와 그 원형인 단편 〈태엽 감는 새와 화요일의 여자들〉에서도 고양이가 사라진다. 고양이의 이름은 단편에서는 '와타나베 노보루'인데, 장편에서는 이름을 '와타야 노보루'라고 살짝 바꿔 사용하고 있다.

단편에 등장하는 고양이 '와타나베 노보루'는 끝내 찾지 못했지만, 장편의 고양이 '와타야 노보루'는 일 년 가까이 지난 뒤 돌아온다. 그리고 '나'는 고양이의 이름을 '사와라'로 바꾼다.

고양이는 어디에 갔다 왔을까.

그 힌트는 《해변의 카프카》에서 찾을 수 있다. '나카타'라는 등장인물은 소년 시절에 임종체험을 겪고 지능이 떨어졌지만,

고양이 말을 알아들어 고양이와 대화를 할 수 있게 되면서 '고양이 찾기'로 생계를 이어나간다. 그는 고양이 킬러인 '조니 워커'라는 인물이 머무는 기묘한 세계에서 행방불명이 되었던 얼룩고양이 '고마'를 발견하고, '조니 워커'(현실적으로는 소년 '카프카'의 아버지)를 살해한 뒤에 고양이를 구해 데리고 돌아온다.

이 이야기에서 고양이는 현실과는 다른 세계로 가버렸다. 그리고 고양이가 돌아올 수 있었던 것은, 반은 비현실의 세계에 몸을 담은 인물인 '나카타'가 데리고 왔기 때문이다.

덩치가 훌쩍 큰 동물도 사라진다. 고양이와는 달리 쉽사리 사라질 것 같지 않은 동물이다.

단편 〈코끼리의 소멸〉에서는 마을에서 키우던 코끼리가 사육사와 함께 사라져 버린다.

하루키는 "고교 시절, 오지(王子) 동물원에서 시간을 보냈다"라고 말한 적이 있다. 고베 시립 오지 동물원은 고베 고교에서 긴 비탈길을 내려온 곳에 자리한 규모가 큰 동물원이다. 이 동물원에서는 아주 가까운 위치에서 동물을 볼 수 있다. 그뿐만 아니라 하루키는 "야쓰 유원지나 고모로시의 동물원도 좋아했다"고도 밝힌 적이 있는 걸 보면 일종의 동물원 마니아이기도 한 모양이다. 그래서인지 소설 속 코끼리 우리의 묘사는 구체적이고 생생하다.

주인공인 '나'는 전기 회사 사원으로, 주방 전자제품의 캠페인을 벌이고 있다. 주방에는 '통일성'이 필요하다는 것이 캐치프레이즈지만, 속으로는 통일성보다도 필요한 무언가가 있을 거라고 생각하고 있다.

'나'가 사는 마을에서는 나이 많은 코끼리 한 마리를 키우고 있다. 마을의 교외 동물원을 폐쇄하고 그 자리에 고층 맨션을 세웠는데, 코끼리를 받아줄 곳이 마땅치 않아 어쩔 수 없이 마을에서 책임을 지고 있는 것이다. '나'는 코끼리 사육장의 뒷산에서, 관객에게 자신을 보여주는 하루의 '일과'를 마친 코끼리가 우리로 돌아오는 모습을 지켜보는 게 낙이다.

어느 날 밤, '나'는 평소와 다르게 코끼리가 줄어들어 있는 것을 깨닫는다. 그날 밤이 지나자 코끼리는 사육사 노인과 함께 사라져 버려, 마을에서는 큰 소동이 벌어진다. 코끼리의 발찌는 자물쇠가 잠긴 채 남아 있고, 코끼리 우리 주변은 전혀 부서진 곳이 없었으며 발자국도 남아있지 않았다. 일대를 샅샅이 뒤졌지만 단서는 없었다. 신문이며 TV 방송에서도 흥미롭고 기이한 사건이라고 주목을 했지만, 시간이 지나면서 사람들로부터 점차 잊혀져간다.

그 이후로 '나'의 일은 순조로웠고, '통일성'을 갖춘 주방 전자제품은 날개 돋친 듯 팔려나간다. 캠페인은 대성공이었다.

이 이야기의 테마는 의외로 분명하다. '통일성'을 중요하게 보는 사회 분위기 속에서, 나이 든 코끼리는 '마을의 통일성'을 흐리는 존재였다. 따라서 사라져야만 했다. 다시 말해 마을이 코끼리를 없애버린 것이다.

하지만 어디로 사라진 것일까. 코끼리는 당연히 고양이처럼 현실과는 다른 세계로 가버렸다. '옛날이야기'의 나라로 가버렸다고 생각해도 좋을 것이다.

공격하는
난쟁이들

   하루키의 소설에는 '난쟁이'가 자주 등장한다.

   우리에게 친근한 난쟁이라면, 그림형제의 동화 《백설공주》의 일곱 난쟁이나 역시 그림형제의 동화 《난쟁이와 구둣방》에 나오는, 가난한 구둣방 주인을 돕기 위해 한밤중에 구두를 만들어 놓는 난쟁이, 메어리 노튼의 《마루 밑의 난쟁이들》에 등장하는 난쟁이 가족 등이 있다.

   그리고 일본의 옛날이야기에서는, 도시로 진출하여 공을 세우고 출세하는 '잇슨보시', 아이누 민화에 나오는 머위 잎 아래에 사는 '고로폿크루', 오키나와 민화의 바니안나무에 사는 요정 '기지무나' 등이 유명하다.

   이야기 속의 난쟁이들은 주로 인간들을 돕는데, 일본의 난쟁이들도 자신이 공격받지 않는 한 먼저 공격하는 일이 없다.('기지무나'는 가끔 짓궂은 장난을 치는 모양이지만.)

참고로, '난쟁이'이라는 단어가 차별적 표현이라고 비판하는 사람도 있는데, 여기에서 말하는 '난쟁이'는 어디까지나 현실의 인간이 아닌 환상 속의 '요정'을 가리킨다.

하루키가 상상하는 난쟁이는 옛날이야기에서 묘사되는 것과 비슷하지만 인간에게 악의를 품고 있다.

앞서 잠시 설명했는데, 그가 얘기한 '체중계 속 난쟁이'의 이미지는 그림형제의 동화 《난쟁이와 구둣방》의 난쟁이처럼 '일하는 난쟁이'이다. 다만 악의를 품고 있다.

"별로 좋아하지 않는 것은, 위에 올라서면 체중이 디지털 표시로 삐삐삐 나오는 최신의 것. 안에 악질 난쟁이가 들어 있어서 하품을 하며 '이 녀석은 아무래도 무거울 것 같으니까 72킬로그램으로 해버리자'하고 키보드에 적당히 숫자를 탁탁 쳐넣고 있을지도 모른다."

하루키는 어쩌면 자신의 컴퓨터 안에도 난쟁이가 살고 부지런히 일을 하고 있다고 생각하는 것은 아닐까?(설마?)

초기의 단편 〈춤추는 난쟁이〉를 살펴보자.

'코끼리 공장'에서 코끼리를 조립하는 '나'의 꿈에 나오는 난쟁이는 춤 실력이 뛰어나다. '나'는 공장의 젊은 미녀에게 관심을 보이지만 그녀는 눈길조차 주지 않는다. 난쟁이는 춤으로 그녀의 마음을 사로잡으라고 하지만 마땅히 연습할 시간이 없다. 그러자 꿈속의 난쟁이가 제안을 해온다. 네 몸 안에 들어가 내가 춤을 춰줄게. 대신 한 마디라도 말을 한다면 나가지 않고 네 몸을 빼앗아 버릴 거야, 하고.

난쟁이를 몸에 받아들인 '나'는, 그녀 앞에서 춤을 선보이며 마음을 얻고 말없이 그녀를 초원으로 데려가 눕힌다. 그녀는 '나'의 행동을 가만히 받아들이고 있는데 순간, 여자의 얼굴이 썩어들면서 구더기가 피어나기 시작한다. 그러나 분명히 '나'에게 말을 하게 만들려는 난쟁이의 책략이라고 생각한 '나'는 말없이 사랑의 행위를 계속한다. 그러자 결국 그녀는 원래의 미녀로 돌아오고, 난쟁이는 몸에서 빠져나간다.

이 이야기 속의 '난쟁이'는 다른 세계에 존재하며 인간의 마음을 빼앗으려는 것처럼 묘사되고 있다. '나'를 갖고 놀며 어딘가에서 비웃는, 그런 악의를 가진 정령이다.

단편인 〈TV 피플〉에 나오는 'TV 피플'은 난쟁이라기보다 평범한 인간을 30퍼센트 정도 축소한(즉, 신장이 170센티미터의 인간이라면 120센티미터로 줄어든) 듯한 '작은 사람들'이다. 그들은 '나'에게만 보인다. 모두 세 명인 그들은 어느 날 '나'의 회사로 대형 텔레비전을 옮겨온다. 그러나 다른 사원들은 그들이나 텔레비전을 알아차리지 못한다. 그리고 그날 밤 아내가 늦은 시간까지 돌아오지 않는다. 'TV 피플'은 또다시 집으로 찾아와 텔레비전 화상 안으로 들락날락하며, '비행기'라고 칭하는 것을 조립한다.(하루키의 작품에서 비행기는 두 세계를 연결하는 아이템이다.) 그리고 한 사람이 '나'에게 말한다. '아내는 이제 돌아오지 않을 거야' 하고.

이 작품은 다양하게 해석되어 왔다. 현대 매스컴 사회의 풍자다, 현대 인간들의 무관심을 나타내고 있다, 혹은 아내의 실종을 그린 것이다 등등. 그러나 여기에서는 'TV 피플'이라는 캐릭터가 어째서 '작다'인지 생각해 보자.

보통 '난쟁이'는 어딘가 숨어 있든가 거의 눈에 띄지 않기 마련이다. 그렇기 때문에 '난쟁이'로서의 의미가 있는 것이다. 또한 〈TV 피플〉에서는 사람들 눈에 보이지 않는다는 점이 강조되고 있다. 오직 '나'에게만 보이며 목소리가 들리고 예언까지 한다.

그들이 '작다'라는 것은 '나'의 마음속에 숨겨진 존재이기 때문이다.

리틀 피플의 등장

《1Q84》에는 '리틀 피플'이라는 신비한 존재가 등장한다.

이 소설은 영국 작가 조지 오웰의 소설 《1984년》에서 제목을 빌려온 것인데, 거기에 나오는 '빅 브라더'를 '리틀 피플'로 바꾸어 등장시킨 것으로 보인다. 말하자면 '옛날이야기'와 같은 대치법이다.

《1Q84》에서는 '덴고'가 '후카에리'에게 오웰의 《1984년》에 대한 내용을 다음과 같은 식으로 설명한다.

"사람들은 빅 브라더라는 독재자에게 엄격하게 관리를 받고 있어. 정보는 제한되고, 역사는 쉴 없이 다시 쓰이지."

"그에 맞게 언어도 다시 만들고, 현재 존재하는 언어도 의미가 바뀌어버려. 역사가 숱하게 다시 쓰이는 바람에 뭐가 진실인지조차 아무도 모르게 되는 거지. 누가 적이고 누가 아군인지도 모르는 거야. 그런 이야기야."

"올바른 역사를 빼앗기는 건 인격의 일부를 빼앗기는 것과 같아. 그건 범죄야."

한편, '후카에리'의 보호자인 '에비노스 선생'은 이렇게 설명한다.

"자네도 알다시피 조지 오웰은 《1984년》에서 빅 브라더라는 독재자를 등장시켰네. 물론 스탈린주의를 우화적으로 그린 것이지."

"우리 현실 세계에 다시는 빅 브라더가 등장할 자리는 없네. 그 대신 이 리틀 피플이라는 것이 나타났지."

조지 오웰의 《1984년》은 1949년에 영국에서 출판되었다.

'빅 브라더'에 대해 잠깐 설명하자면, 《1984년》이 베스트셀러가 된 뒤로 독재적 권력자를 상징하는 일종의 유행어가 되었다. 소설 속에서는 미래국가 오세아니아의 혁명과 건국의 중심에 섰던 두 '형제'를 가리킨다.

두 형제는 건국 이래 오랫동안 권력을 유지하며 끊임없이 국민에게 절대복종과 숭배를 요구한다. 아무도 실물을 확인한 적이 없는, 일종의 가상적인 존재라고 할 수 있다.

하루키는 이처럼 눈에 보이지 않는 불길하고 폭력적인 것을 자주 등장시켜왔다. 《세계의 끝과 하드보일드 원더랜드》의 도쿄 지하에서 꿈틀거리는 '야미쿠로', 《태엽 감는 새》의 '우물', 〈녹색 짐승〉에 등장하는 여성의 마음에 파고들려는 지하 '괴수', 《해변의 카프카》의 고양이 킬러 '조니 워커' 등이다.

그 뒤를 잇고 있는 것이 '리틀 피플'인데, 그들은 괴이한 컬트 교단의 배후에서 사람들을 조종하는 상당히 사회적인 존재로 그려진다. 그 점에서는 《1984년》과 연관이 있다고 볼 수 있을 것이다.

그런데 《1Q84》 역시 하루키 작품 특유의 옛날이야기적인 묘사가 많다. 예를 들면 작품 속에 나오는 '후카에리와 덴고'가 합작한 소설 〈공기 번데기〉에서는 '리틀 피플'에 대해 '난쟁이'가 연상되는 묘사가 전개되고 있다.

"리틀 피플은 몸이 작으면서도 아주 많은 물을 마신다. 그리고 그들이 좋아하는 건 수돗물이 아닌 빗물이라 근처의 작은 시내를 흐르는 물이었다. 그래서 소녀는 낮 동안에 시냇가에서 양동이에 물을 길어와 리틀 피플에게 마시게 했다."

다소 익살스러운 표현도 있다. '아오마메'가 원래의 세계로 가는 출구를 잃어버린 장면이다. 이때 일곱 명의 '리틀 피플'이 등장한다. 마치 '백설공주'의 이야기 같지만, 그들은 자신들의 '공주'를 구하기는커녕 자살 행동을 부추긴다.

아오마메는 단념하고 가만히 고개를 저었다. 미안하지만 더는 기다릴 수 없어. 타임 업. 슬슬 쇼를 시작하자.

타이거를 당신 차에.

"호우호우." 리듬 담당의 리틀 피플이 말했다.

"호우호우." 나머지 여섯 명이 입을 맞췄다.

"덴고." 아오마메는 말했다. 그리고 방아쇠에 얹은 손가락에 힘을 실었다.

이것은 하루키다운 언어유희라고 해도 좋을 것이다. 즐거워 보이는 이미지의 '난쟁이'지만, 사실 그들은 배후에서 세계를 움직이는 사악한 존재이기 때문이다.

다른 세계로부터의
방문자들

어딘가로 사라지는 사람이나 동물이 많지만, 반대로 그곳에서 찾아오는 경우도 있다. 하루키의 작품에서는 그러한 '옛날 이야기'적인 상호 왕래가 다양하게 이루어진다. 그중 갑작스러운 방문자들에게 주목해 보자.

지금까지 예로 든 다른 세계로부터의 '방문자' 중에는 《1973년의 핀볼》, 〈쌍둥이와 가라앉은 대륙〉 등에 나오는 '쌍둥이 자매'가 있다. 이들은 어디에서 왔다고 할 것도 없이 뜬금없이 나타나, 누군가의 집에 눌러앉는 깜찍한 요정이다. 《양을 둘러싼 모험》, 《댄스 댄스 댄스》, 〈도서관 기담〉 등에 나오는 '양 사나이'도 있다. 그리고 당연하겠지만, 앞에서 이야기했던 다양한 '난쟁이'들도 해당한다.

유령 이야기를 다룬 단편도 꽤 많다. 독자들을 단순히 오싹하게 만드는 이야기이다.

〈가노 구레타〉에서 1급 건축사 '가노 구레타'는 밖에 나갈 때마다 마주치는 남자들에게 겁탈을 당하자 외출을 포기하고 초능력자인 언니 '가노 마루타'의 곁에서 일을 돕기로 한다. '마루타'는 '구레타'를 범하러 온 경관을 죽이고 피를 빼낸 뒤 뒤뜰에 묻었는데, 경관은 유령이 되어 떠돌아다니게 된다. 그리고 얼마 뒤에 '구레타'는 다른 남자에게 겁탈을 당하고 살해되어 유령이 된다.

아무 죄 없는 여성이 공격을 받는다는 점이 공포를 느끼게 하는 이야기이다.

〈좀비〉에서는 한 여성이 약혼자와 묘지 옆을 걸어가고 있는데, 갑자기 약혼자가 여성에게 큰소리로 욕설을 퍼붓기 시작하며 좀비로 변해버린다. 여성은 호텔 침대에서 눈을 뜨고는 꿈이었다고 생각하며 옆에 있는 약혼자에게 말을 거는데, 남자는 좀전처럼 욕설을 퍼붓기 시작한다. 상황은 계속되고 있는 것이다.

끝을 알 수 없는 악몽에 대한 이야기로, 현실로 돌아갈 수 없다는 점이 오싹하다.

〈렉싱턴의 유령〉에서는 미국에서 집필 중이던 작가 '나'가

건축가인 친구에게 렉싱턴에 있는 저택을 봐달라는 부탁을 받는다. 부탁을 받아들이고 저택의 2층에서 잠을 자던 '나'는, 심야에 지하 홀에서 유령들이 파티를 즐기는 소리(말소리와 음악)를 듣는다.

훗날 만난 친구는 자신의 아버지가 어머니가 돌아가신 뒤로 깨지 않고 잠을 잤다는 사실과 아버지가 세상을 떠났을 때 자신 역시 긴 잠을 잤다는 사실을 이야기하며, 자신에게는 잠의 세계가 현실보다 더 리얼한 세계인 양 느껴진다고 털어놓는다.

이 이야기에서는 유령 자체는 그다지 무섭지 않지만, 고풍스러운 저택에서 풍겨오는 기이한 분위기를 느낄 수 있다. 또한 잠의 세계가 '진짜 세계'라는 대목도 어쩐지 으스스하다.

그러나 이러한 유령이나 좀비에는 이미 고정적인 이미지가 있기 때문에, 하루키만의 느낌을 입히기에는 다소 무리가 있다. 하루키의 재능은 오히려 전통적인 형식을 갖추지 않은 새로운 '방문자'의 이야기에서 발휘된다고 할 수 있다.

다음의 세 가지 이야기는 모두 훌륭한 단편으로 꼽히며 높은 평가를 받는 작품들이다.

〈녹색 짐승〉은 남편이 외출한 뒤 주부가 겪는 이야기이다. 어느 날, 주부가 평소 아끼는 정원의 밤나무 아래에서 코가 긴

추악한 녹색 짐승이 나타나 그녀에게 구애를 해온다. 그러나 그 짐승의 몸이 자신의 감정에 반응한다는 사실을 알게 된 주부는, 잔혹한 짓만 골라 끊임없이 짐승을 괴롭혀 소멸시켜 버린다.

　주부가 아끼는 밤나무의 정령인 '녹색 짐승'은 사실 지하에 사는 마물이었다. 구애하는 짐승과의 정신적인 싸움에서 현실 세계의 주부가 이긴다는 이야기로, '방문자'는 인간을 이계(異界, 죽은 사람들이 사는 세계 – 옮긴이)로 이끄는 괴상한 존재로 묘사되고 있다.

　〈얼음사나이〉에 등장하는 차가운 몸을 갖고 태어난 '얼음사나이'는 냉동 창고에서 일한다. 호적도 없는 그는 자신의 출신조차 알지 못한다. 스무 살의 아가씨인 '나'는 스키장에서 만난 '얼음사나이'를 좋아하게 되어 결혼을 하지만, 좀처럼 아이가 생기지 않아 기분전환을 위해 남극으로 함께 여행을 떠나기로 한다. '얼음사나이'는 그 외로운 땅을 만끽하며 점점 생기가 넘쳐가지만, '나'는 마음이 상실되어가는 것을 느낀다. 얼마 뒤 '나'는 임신을 한다. 그리고 아마도 이 남극 땅에서 작은 '얼음사나이'를 낳게 될 것이라고 예감한다.

　이 이야기에서 '나'는 '얼음사나이'의 매력에 빠져 스스로 그 세계로 뛰어든다. 그러나 '얼음사나이'에게 고향과 같은 '남극'

땅은 '나'에게는 자신이 소멸되어 버릴 것 같은 이계이다. 이 이야기의 이계에서 온 '방문자'인 '얼음사나이'는 '녹색 짐승'과는 완전히 상반된 매력적인 남성이기 때문에 '나'의 마음을 사로잡을 수 있었다. 그래서 결국, '나'는 마음을 빼앗기고 허무함을 느끼게 된 것이다.

〈시나가와 원숭이〉는 내용이 약간 복잡하다.

주인공인 여성 '미즈키'는 자신의 이름을 잊는 일이 많아, 현재 살고 있는 도쿄 시나가와 구의 상담실을 찾아가 여성 카운슬러에게 상담을 한다. 한편, 카운슬러의 남편은 시나가와 구의 토목과장이었다. 그는 하수구에 숨어있던 원숭이를 붙잡아 원숭이가 갖고 있던 두 개의 이름표를 '미즈키'에게 보여준다. 그것은 과거 여고 시절에 기숙사에서 사용하던 이름표인데, 하나는 '미즈키'의 것, 또 하나는 같은 기숙사 후배가 자살하기 전에 '미즈키'에게 건넸던 이름표였다. 그 두 개는 원래 '미즈키'가 갖고 있던 것이었다.

인간의 말을 할 줄 아는 원숭이는 이름표를 훔친 이유를 직접 설명한다. 원숭이는 자살한 여자아이를 사랑했는데, 이름표의 행방을 찾다가 '미즈키'의 집에 있다는 사실을 알고 둘 다 훔쳐냈던 것이다. 원숭이는 자신이 인간의 이름표를 훔치면, 그 사람 마음의 부정적인 부분까지 가져갈 수 있다고 변명한다.

원숭이는 '미즈키'의 '마음속 어둠'을 풀어 보였고, '미즈키'는 잃고 있던 자신을 되찾는다. 원숭이는 다카오 산에 풀어주고, 그녀의 카운슬링은 무사히 종료된다.

이 이야기에서 '방문자'는 한 마리의 '원숭이'이다. 그는 '녹색 짐승'처럼 인간 여성을 사랑하지만, 그 행동은 상대의 이름을 훔친다는 방식으로 나타난다. 아베 고보의 〈벽〉이라는 작품도 자신의 이름을 잃는 이야기로 유명한데, 인간은 이름이 없으면 사회적 존재감이 사라진다. 즉, 제로가 되는 것이다.

상대방을 제로로 만들어버린다는 것은 경우에 따라서는 '구애'의 행위보다도 무시무시하다. 만일 이 이야기에서 원숭이가 붙잡히지 않았다면, '미즈키'는 서서히 자신이라는 존재를 잃어갔을 것이다. 그녀 입장에서는 원숭이의 사랑에 생뚱맞게 휘말린 격이다.

원숭이는 지하 하수도의 주민이기 때문에, 이 이야기도 지하 어둠의 세계에서 온 '방문자'라는 하루키 작품의 흐름 안에 위치한다. 이 원숭이는 그중에서도 이색적인 캐릭터라고 할 수 있다. 무섭다기보다는 어딘가 미워할 수 없는 캐릭터인 것이다. 또한 인간의 말을 할 줄 안다는 부분에서는, 옛날이야기 속 캐릭터를 떠올리게 한다.

'입구'의 문이
열릴 때

　옛날이야기에서는 다른 세계로 들어갈 때 으레 '입구'가 등장한다.

　그중에서도 유명한 루이스 캐럴의 《이상한 나라의 앨리스》에서는 앨리스가 토끼를 쫓아 뛰어든 '토끼굴'이 지하 세계로 들어가는 입구이며, 《거울 나라의 앨리스》에서는 난로 위의 '거울'을 통과하여 다른 세계로 들어간다. 미야자키 하야오의 애니메이션 〈센과 치히로의 행방불명〉에서도 치히로가 부모님과 함께 빠져나갔던 '터널'이 다른 세계로 가는 입구였다.

　하루키의 소설 속 '입구'는 다양한 모습으로 나타난다.

　초기의 단편 〈도서관 기담〉에서 '입구'는 말 그대로 '문'이었다. '나'는 오스만 튀르크에 대해 조사하려고 도서관에 들렀는데, 담당 '노인'은 잠겨있는 '열람실'의 문을 열고 '나'를 들여보낸 뒤 다시 자물쇠를 잠가버린다. '나'는 어두운 계단을 내려가 지하 독서실에 다다랐지만, 사실 그곳은 '양 사나이'가 간수를 맡고 있는 지하 감옥이었다. 즉, 이 작품의 '입구'는 열람실의 문이었던 것이다.

비교적 최근 단편인 〈어디에서든 그것이 발견될 것 같은 장소에서〉는 도쿄 시나가와 구의 맨션 안에서 사라진 남자의 이야기이다. 그는 24층과 26층 사이의 '계단 어딘가'에서 사라졌다가, 이십 일 뒤에 같은 복장으로 센다이 역의 벤치에서 잠든 채 발견된다. 다시 말해 이 이야기에서는 계단 어딘가에 '입구'가 있었다고 할 수 있다. 그것은 맨션 주민들도 모르는 눈에 보이지 않는 '입구'이다.

《댄스 댄스 댄스》에서는 삿포로 '돌핀 호텔'의 '양 사나이'가 사는 공간과 이어진 '엘리베이터 문'이 '입구'이다. 그곳은 실존하는 16층과는 다른 특별한 16층인데, 그 문은 '나'와 프런트 여성 '유미요시'에게만 열린다.

《태엽 감는 새》에서는 사람이 살지 않는 옆집의 말라버린 '우물'이 다른 세계로 가는 '입구'이다. '나'가 처음 '우물'에 들어가자 얼굴에 반점이 생긴다. 이후 그 어둠의 세계에서 '나'와 아내의 오빠로 보이는 남자가 싸우는데, 방망이로 그를 때려 쓰러뜨리자 현실 세계에서 아내의 오빠가 뇌출혈로 쓰러져 의식불명에 빠진다. 여기에서는 환상의 세계에서 생긴 일이 현실과 일치한다는 식의, 훗날 《해변의 카프카》에 자주 등장하는 패턴이 쓰이고 있다.

《스푸트니크의 연인》에서는 여주인공인 '스미레'가 사라져 버린다. '스미레'를 찾으러 온 '나'는, 그녀가 머물던 그리스 섬의 '산 정상'을 그녀가 사라진 장소로 추측한다. 그곳이 다른 세계로 가는 '입구'인 셈이다. 그리고 '산 정상'으로부터 지역 축제의 기묘한 음악 소리가 들려온다.

《해변의 카프카》에는 옛날이야기적인 장치가 많다. 고양이 말을 할 줄 알며 고양이와 대화를 나누는 '나카타'의 등장도 그러한데, 이 이야기에서는 '입구'가 중요한 테마로 설정되어 있다. '나카타'는 '입구의 돌'을 찾아다닌다. 그것은 'LP레코드 정도의 크기'로 '둥근 떡처럼 생긴' 돌이다. '나카타'는 소년 시절에 불가사의한 사고로 죽음의 위기에 처했다가, 불완전한 모습으로 다시 생의 세계로 돌아온 사람이다. 그에게 '입구'란, 한번 다녀온 적이 있는 '저편'으로 가는 입구이다.

돌은 시코쿠의 다카마쓰에서 발견된다. '나카타'의 일행인 운전기사 '호시노'가 프라이드치킨 체인점의 간판 인형을 똑 닮은 '커널 샌더스'의 안내로 찾아온 것이다. '나카타'는 그 돌을 뒤집어 '입구'를 열고, '저편'으로 가서 자신이 해야 할 일을 찾는다.

돌아온 '나카타'는 세상사를 '원래의 모습으로 되돌리기' 위해 가야 할 곳, 만나야 할 사람을 찾아 다카마쓰 시 외곽의 도서관을 방문한다. 그곳에서 '나카타'를 기다리고 있던 것은, 역시 '저편'을 체험했던 도서관 관장 '사에키'였다. 두 사람은 차례로 '입구'를 통해 '저편'으로 돌아간다.

그렇게 두 사람이 세상을 떠난 뒤 갑작스레 고양이와 대화를 할 수 있게 된 '호시노'는, 검은 고양이 '토로'의 조언으로 '입구의 돌' 안에 꿈틀거리던 마물과 격투를 벌인 끝에 간신히 '입구'를 막는다. 그리고 이야기는 끝이 난다.

이 작품에서는 특정 장소에 '입구'가 있는 것이 아니라, 갖고 다닐 수 있는 '돌'이 바로 '입구'였다. 이전의 소설에서는 '입구'가 고정되어 있던 것에 비하면 커다란 변화이다.

《1Q84》에서는 실제 1984년과는 다른 '1Q84년'의 세계로 가는 '입구'와, 그곳에서 현실로 돌아오는 '출구'에 대해 나온다. '수도고속도로 3호선'의 '산겐자야'와 '이케지리' 사이 도로 갓길의 긴급 피난 공간에서 '비상계단'을 내려간 곳에 위치한 자재 적재장이 바로 그곳이다. 이곳을 빠져나가자 세계는 달라져 있다.

수도고속도로에서의 '입구' 표시는 도로 옆 빌딩 옥상에 붙은 큼직한 에소 석유 광고판이다. 빙긋 웃는 호랑이가 '타이거를 당신 차에'라며 급유를 하고 있다. 그런데 이곳을 통과하여 '1Q84년'의 세계에 들어선 '아오마메'는, 현실의 1984년의 세계로는 돌아오지 못한다. '출구'가 닫혀버린 것이다. 더 이상 수도고속도로의 그 장소에는 '비상계단'이 없었다.

그런데 실제로도 수도고속도로의 그 장소는 눈에 잘 띄지 않는다. 반대 차선 쪽으로는 세타가야 구립 미슈쿠 중학교와 쇼와 여자대학 캠퍼스가 있지만, 특별히 눈에 띌만한 건물은 아니다. 이곳을 '입구'로 설정한 이유는 일단 '눈에 띄지 않는다'는 점을 꼽을 수 있다. '입구'는 눈에 띄어서는 안 되는 곳이기 때문이다.

그밖에 《세계의 끝과 하드보일드 원더랜드》에서도 도쿄의 구체적인 장소가 '입구'로 등장한다. 그곳은 '박사'의 기묘한 지하 연구실로 가는 '입구'이다. '지하철 긴자선의 가이엔마에와 아오야마 1가의 정중앙 부근'의 지하철 선로에 있는 '하수도'가 그곳이다. 이곳 역시 사람들 눈에 전혀 띄지 않는 장소이다.

그런데 '입구'가 있고 '출구'가 없다는 것은 '옛날이야기'의 규칙에서 벗어난다. '앨리스'는 꿈에서 깨어난다는 형식을 통해 현실로 돌아오고, '치히로'도 고생 끝에 결국 자신의 세계로 돌아온다. 그러나 《1Q84》의 경우에는 가버린다, 사라진다, 돌아오지 못한다는 점에 중요한 포인트가 있다.

《1973년의 핀볼》에는 다음과 같은 문장이 있다.

"입구가 있고 출구가 있다. 대개는 그런 식으로 되어 있다. 우체통, 진공청소기, 동물원, 양념통. 물론 그렇지 않은 것도 있다. 예를 들면 쥐덫."

《1Q84》의 '아오마메'는 '쥐덫'에 걸려버린 셈이다.

또 다른 내가 있는 세계,
'패럴렐 월드'

〈우라시마 타로〉라는 신화에는 두 개의 세계가 나온다. 하나는 '타로'가 원래 살던 바닷가 어촌이다. 또 하나는 바다 저편에 있는 용궁성이다. 이 두 세계에는 각기 다른 시간이 흐르고 있다. 이야기에 따라 다르긴 한데, '타로'가 용궁성에서 보낸 시간은 수일이었으나, 고향 마을인 바닷가 어촌에서는 수백 년이라는 시간이 흐른 뒤였다.

미국의 작가 워싱턴 어빙의 단편집 《스케치북》에 수록된 〈립 밴 윙클〉의 이야기도 유명하다. 나무꾼 '립'이 숲에서 잠깐 잠이 든 사이에 이십 년이 흘러 버린 것이다. 이 이야기에서도 두 개의 세계에는 각기 다른 시간이 흐르고 있다.

이렇게 동시에 존재하는 다른 세계라는 설정은 20세기 SF소설의 굵직한 테마가 되었다. SF 세계에서는 이것을 '패럴렐 월드'(Parallel World, 원래의 세계와 병행하여 존재하는 또 하나의 세계 – 옮긴이)라고 부른다.

'패럴렐 월드'에 대해 쓴 몇몇 유명한 작가에는 브라이언 올디스, 마이클 무어콕, 제임스 P. 호건, 그리고 나중에 설명하게 될 필립 K. 딕 등이 있다.

하루키의 소설 중에는 초기의 장편《세계의 끝과 하드보일드 원더랜드》가 '패럴렐 월드'를 전면에 내세워 풀어가고 있다.

이 소설에서는 '세계의 끝'이라는 장과 '하드보일드 원더랜드'라는 장이 교차로 전개된다. 하루키의 작품에는 장마다 다른 인물을 이야기하는 방식이 많이 쓰여 왔는데, 이 소설은 약간 다르다. 한 인물이 가진 두 개의 내면을 '나(僕)'와 '나(私)'로 구분하고 있다. '세계의 끝'의 장에서의 주인공은 '나(僕)'이며, '하드보일드 원더랜드'의 장에서의 주인공은 '나(私)'이다.

이것은 일본어의 특권이다. 하루키는 그 특권을 잘 사용하고 있다. 일본어에는 본래 주어가 필요하지 않기 때문에 영어의 'I'나 불어의 'Je'처럼 정해진 주어의 형식이 없다. 매번 상황에 따라 여러 단어가 사용되는 것이다. 자신을 가리키는 1인칭 대명사로는 '와타쿠시, 와타시, 아타쿠시, 아타시, 아타이, 아치키, 와라와, 우치, 보쿠, 오레, 오이라, 오이돈, 와시, 앗시, 와가하이, 와레, 데마에, 쇼세' 등등 그 밖에도 더 있을 정도로 많다.

이 소설의 '나(私)'는 미래 사회에서 정보를 관리하는 '계산사'라는 직업을 갖고 있다. 현재 '나(私)'는 정보를 감추기 위한 실험을 받고 있다. 매우 중요한 정보를 지키기 위해서는 금고 안의 파일북이나 전자 메모리에 보존하는 게 아니라, 어떠한 적이라도 훔쳐가지 못하도록 뇌의 어딘가에 심는 것이 가장 확실하다. 정보를 뇌에 심은 자는 그 내용을 알지 못하기 때문에, 설령 고문을 당하더라도 적의 손에 정보가 넘어가는 일이 없다. 그래서 '박사'는 단계적인 실험을 위해, '나(私)'의 의식의 밑바닥에 있는 사고 시스템 하나를 고정시킨다. 그 때문에 '나(私)'는 표면적으로는 죽은 상태가 되어 의식의 밑바닥 세계에서 영원히 살아가게 된다.

한편 '나(僕)'는 '나(私)'의 뇌 속에 고정되어 있는 사고 시스템 속에 살고 있다. 일종의 의사세계(疑似世界, 분간하기 어려운 비슷한 세계 - 옮긴이)로, 주위가 높은 벽으로 둘러싸인 도시이다. 이 도시에는 일각수(모양과 크기는 말과 같고 이마에 뿔이 하나 있는 전설상의 동물 - 편집자)들이 여유롭게 거닐고 있다. 아름다운 풍경이 펼쳐지는 꿈과 같은 세계다. '나(僕)'는 그 도시의 도서관에 보관된 일각수들의 두개골에서 오랜 꿈을 읽어내는 '꿈 읽어내기' 일을 하고 있다. '나(僕)'에게는 말을 할 줄 아는 나 자신의 '그림자'가 따라다닌다. '나(僕)'의 자아를 책임지고 있는 '그림자'는 적당한 기회에

도시에서 탈출하자고 제의한다. 즉, '그림자'는 '나(僕)'의 의식의 일부로, 이 세계의 영속성을 거부하고 있다.

　이 소설에서는 작가의 참뜻을 읽어내기가 상당히 어렵다. 나도 처음 읽고는 그 논리구조를 잘 이해하지 못했다. 그러나 한마디로 요약하자면, 이것은 한 인간의 의식 표면에 있는 것과 그 의식의 밑바닥에 있는 것을, '나(私)'와 '나(僕)'라는 주어로 구분하여 이야기하는 작품이라고 할 수 있다.

　따라서 이 소설은 평범한 옛날이야기나 SF의 '패럴렐 월드'와는 차원이 다른, 하루키의 독창적인 '패럴렐 월드'라 말할 수 있다. 한 인간의 내면에 존재하는 두 이야기를 일본어의 특징을 살려 '나(私)'와 '나(僕)'로 구분하는, 하루키다운 새로운 시도인 것이다.

일그러져가는 현실

하루키의 《댄스 댄스 댄스》에는 이런 구절이 있다.

"포크너와 필립 K. 딕의 소설은, 신경이 어떤 종류의 피곤함을 느낄 때에 읽으면 상당히 이해가 잘 된다. 나는 그런 시기가 오면 꼭 그들의 소설을 읽는다."

이때의 '나'는 포크너의 《소리와 분노》를 읽고 있었는데, 왜 필립 K. 딕의 이름을 언급한 것일까.

《소리와 분노》라는 소설은 '이야기의 파괴'라고 일컬어지는 방법으로 구성된 소설이다. 과거에 일어난 여러 가지의 일들이 제각각 등장하기 때문에, 독자는 이야기의 전개를 따라갈 수가 없다. 포크너의 작품 중 《소리와 분노》 외에 하루키와의 연관성을 생각해 볼 수 있는 작품은, 두 이야기가 장마다 교차하며 전개되는 《야생 종려나무》라는 소설이다. 하루키의 《세계의 끝과 하드보일드 원더랜드》나 《1Q84》도 같은 방법을 쓰고 있다.

한편, 필립 K. 딕의 소설 중에 가장 널리 읽히는 작품은 《안드로이드는 전기양을 꿈꾸는가》일 것이다. 화성에서 지구로 도망쳐 오는 인간을 닮은 안드로이드를 죽이고, 그 상금으로 살아있는 진짜 양을 구하기 위해 고투를 벌이는 안드로이드 사냥꾼의 이야기이다. 영화 〈블레이드 러너〉의 원작으로도 유명하다.

딕의 작품은 특히 '현실붕괴'라는 방법을 적용한다는 것이 특징적이다. 현실이 서서히 붕괴되어 간다는 진행방법은, 현재 SF계나 판타지계의 현대문학은 물론, 나아가 애니메이션과 만화 분야에서도 하나의 '정형(定型)'으로써 자리 잡고 있다.

딕의 《높은 성의 사내》는 제2차 세계대전이 끝나고 십수 년이 흐른 미국 서해안이 무대이다. 그리고 이 전쟁의 승리국은 독일과 일본, 이탈리아이며 미국과 영국, 프랑스 등의 연합국이 패배했다는 설정이다.

패전국 미국에서 '금서(禁書)'로 통하지만, 많은 사람이 숨어서 읽는 책이 있다. 그 책에는 반대로 전쟁에서 연합국이 승리하고, 독일과 일본 등이 패배했다는 내용을 담고 있다.

즉, 이 작품 속에서는 연합국이 졌다는 전후 상황이 '현실'로써 그려지고 있으며, 소설 속의 소설에서는 연합국이 이겼다는 전후 상황을 '비현실'로 표현하고 있다. 현실과 비현실이 완전히 역전된 것이다.

1969년에 출판된 딕의 《유빅》이라는 소설에서는 갑자기 일상적인 도구와 기계와 물품 등 모든 인공 제품이 과거로 퇴행하기 시작한다. 1939년으로 퇴행하는 것이다. 신형 텔레비전은 옛날 진공관이 달린 라디오로, 신형 자동차는 포드의 포장을 두른 소형차로, 제트기는 낡은 프로펠러기로 변해버린다. 호텔방도, 입고 있는 옷도, 지폐도, 동전도 옛날 것으로 바뀐다.

이 소설은 시간축이 과거로 밀려나면서 모든 인공 제품이 옛날 것으로 바뀌어 간다는 전제를 내세워 독자를 끌어들인다. 작품의 출판 시점에서 삼십 년 전인 1939년이라는 시기는 당시 독자들에게는 '가까운 과거'이고, 거리나 건물, 제품의 구체적이고 상세한 묘사로 어렴풋한 기억을 뚜렷하게 떠올리게 하는 효과가 있었을 것이다.

그와 마찬가지로 《1Q84》 역시 최초 출판년도인 2009년을 기준으로 보면, 1984년이란 이십오 년 전에 불과한 '가까운 과거'라고 할 수 있다.

그렇다면 《1Q84》에서는 '시간의 뒤틀림'을 어떤 식으로 표현하고 있을까. 이 책의 '아오마메' 장에서는 초반부터 그것을 설명하고 있다.

'아오마메'는 수도고속도로에서 비상계단을 내려와 산겐자야 역으로 걸어가는 도중 경찰을 지나치며 그의 제복과 권총이 그날 아침에 봤던 경찰과 다르다는 것에 의문을 가진다. 자신도 핸드백 안에 권총을 갖고 있기 때문에 그 차이를 알아볼 수 있었다. 그녀는 경호원인 '다마루'로부터, 1981년 10월 중순에 모토스 호수 근처에서 일어난 총격전 이후에 경찰의 권총이 오토매틱으로 바뀌었다는 이야기를 듣는다. 그러나 '아오마메'에게는 그 총격전에 대한 기억이 전혀 없다.

그래서 '아오마메'는 도서관에서 1981년 신문의 축쇄판을 찾아 사태 파악에 나선다. 그해의 신문에는 그녀가 기억하지 못하는 두 건의 사건 기사가 있었다. 하나는 모토스 호수의 총격전이며, 또 하나는 NHK 수금원('덴고'의 아버지)이 대학생을 찔렀다는 기사였다. 즉, 그녀가 지금 머무르고 있는 세계에서는 과거가 뒤바뀌어 있었다.

"1Q84년. 이 새로운 세계를 그렇게 부르기로 하자, 아오마메는 그렇게 정했다.

Q는 question mark의 Q이다. 의문을 안고 있는 것.

그녀는 걸어가며 혼자 고개를 끄덕였다.

좋든 싫든 나는 지금 이 '1Q84년'에 몸을 두고 있다. 내가 알던 1984년은 이미 어디에도 존재하지 않는다. 지금은 1Q84년이다."

이후 컬트 교단의 '리더'가 '아오마메'에게 이 '현실붕괴'에 대해 자세히 설명해준다.

그의 설명에 따르면 '아오마메'는 자신이 주체적으로 그 세계에 들어선 것이 아니라, '덴고'가 '후카에리'와 함께 〈공기 번데기〉의 이야기를 완성하여 두 개의 달이 보이는 세계를 만들어 냈기 때문에 그 세계에 이끌려온 것이라고 한다.

그 세계에서는 과거에 생긴 일이 근본적으로 바뀌어있을 뿐만 아니라, 달이 두 개라는 '옛날이야기'적인 형식 안에서 '현재'의 세계도 바뀌어버린다.

분명 그 세계에서는 과거는 물론 현재도 엇갈리고 뒤틀려 있다. 그러나 반대로 그 세계에서 보면 오히려 현실 세계 쪽이야말로 뒤틀리고 일그러져있는 것일지도 모른다.

현실이 바뀌어버린 또 하나의 세계, 이러한 상황 설정은 어느 쪽이 '진실'의 세계인가, 하는 판단을 시종일관 독자에게 강요한다.

1984년과 1Q84년은 어느 쪽이 일그러져있는 것일까. 어느 쪽이 '진실'의 세계일까. 그 결정을 내릴 수 있는 것은 바로 두 세계를 동시에 바라볼 수 있는 이 소설의 독자인 것이다.

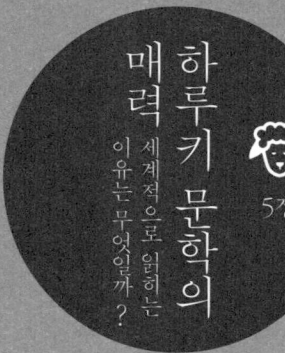

하루키 문학의 매력

세계적으로 읽히는 이유는 무엇일까?

5장

하루키만의 언어

하루키의 소설은 어째서 전 세계 사람들에게 사랑받는 것일까. 하루키 본인은 외국인을 의식하고 작품을 쓰지는 않는다고 말한다.

"물론 국제적으로 작품이 읽히기를 바라지만 그것을 염두에 두고 작품을 쓰지는 않으려고 합니다. 나는 일본어로 소설을 쓰고 있으며, 두말할 필요도 없이 독자의 중심은 일본 독자입니다."

그런데 어찌 된 일인지 그의 작품은 외국에서도 널리 읽히고 있다. 그 이유 중 하나가 하루키가 사용하는 일본어의 특색에 있다.

앞서 말했다시피, 하루키는 미국 소설의 특징은 지나치게 어려운 말을 사용하지 않고 의외로 간단한 말의 조합으로 독자에게 다가간다는 점이라고 말하며, "그 임팩트는 일본 소설의 임팩트보다 훨씬 강하다"라고 했다.

하루키의 소설도 그와 마찬가지라고 할 수 있다. 하루키의 소설은 간단하고 명료한 말로 이루어져 있어, 문장의 의미를 수월하게 이해할 수 있다. 농담과 비유를 풍부하게 사용한 '문장의 퍼포먼스'도 훌륭하다. 그러나 이야기의 내용에 있어서는 독자 스스로 생각해야 할 부분이 많다. 그러한 하루키만의 언어적 마술이 독자들을 끌어들이고 있는 것이다.

하루키가 사용하는 '문장체'가 전통적인 일본어의 '문장체'와 상당히 다르다는 것도 번역하기 쉽다는 이점으로 작용해, 해외 독자와의 소통에 유리하다.

그렇다면 일본어의 시스템을 바탕으로 하루키의 문장 특색을 생각해 보자.

일본어의 동사에는 현재형도, 과거형도, 미래형도 없다. 오로지 '종지형(終止形)'만이 있을 뿐이다.

예를 들어, 'いつ行く?'(언제 갈래?)라고 묻고 'あした行く'(내일 갈게)라고 답했다고 해보자. 여기에서는 '行く'(가다)라는 종지형이 미래형으로 쓰이고 있다.

영어와 불어로 생각하면 이해하기 어렵겠지만, 현대 일본어의 동사에는 '시제(時制)'라는 것이 없다. 여기에는 일본인의 과거, 현재, 미래가 뒤섞인 시간의 관념이 포함된 것이다.

그리고 작가인 오니와 미나코도 지적한 것인데, 예를 들어 'I love you'를 일본어로 그대로 번역하면 어색해진다. 즉, '私は あなたを愛します'(나는 당신을 사랑합니다)라고 말하는 사람은 거의 없다. 일본어로는 그저 상대를 바라보며 '好きです'(좋아합니다)라고 말하면 끝이다.

약간 어려운 말로 설명하자면, 일본인은 '공동성(共同性)' 안에서 이야기한다. 영어처럼 과거, 현재, 미래를 확실히 할 필요가 없고, '나' 또는 '너' 등의 주체를 내세워 명확하게 구분할 필요가 없는 것이다.

그러나 하루키의 《바람의 노래를 들어라》에 나오는 라디오 DJ는 이렇게 말한다.

"나는·여러분을·좋아합니다."

상당히 영어적인 표현인데, 이것이 하루키의 대표적인 문장이다.

앞서 근대와 현대의 '문장체'라는 것은 메이지 시대에 서양어를 흉내 내어 만든 일종의 픽션이라고 잠깐 언급했었다. 즉, 현재 사용하는 문장체는 실제 회화와는 상당히 다르며, 메이지 시대 이전의 문장체와도 다르다. '문장체'란 학교에서 배우는 특별한 언어인 것이다.

하루키의 문장은 그야말로 서양적인 일본어의 '문장체'이다.

그것은 단순히 번역하기 쉽다는 데에서 그치지 않는다. 오히려 실제 일본어와는 다른 언어 시스템 즉, 서양적 '픽션'으로써의 일본어라고 할 수 있다.

하루키의 작품이 외국문학 전문가들에게 사랑받는 이유도 그와 같은 맥락이라고 볼 수 있다. 예를 들면 활발하게 무라카미 하루키론을 발표하고 있는 하타나카 요시키, 시바타 모토유키, 미야와키 도시후미, 센고쿠 히데요 등은 미국문학 전문가이며, 스즈무라 가즈나리, 가토 노리히로, 우치다 다쓰루 등은 프랑스문학, 노야 후미아키는 중남미문학, 누마노 미쓰요시는 러시아문학의 전문가이다. 그리고 사실은 나도 프랑스문학 전공자이다.

스쳐 지나가는 것들

하루키는 자신의 소설이 해외에서 읽히는 이유에 대해 '일본적이다'라는 점에 포인트가 있다고 했다.

"내 작품이 어느 정도 외국에서 받아들여지고 있다면, 그것은 역시 내가 일본인이라는 것, 일본 작가라는 것을 의식하기 때문이라고 생각합니다."

"이렇게 중립적인 문체로 이야기를 쓰는데, 어쩔 수 없이 그 이야기의 본질이 일본적으로 흐르는 것에 대해 외국인은 상당히 주목하는 것 같다."

여기에서 하루키가 말하는 '일본적이다'란 어떤 의미일까.

최초의 소설 《바람의 노래를 들어라》에서 하루키는 다음과 같은 문장을 썼다. 1970년 여름이 끝나갈 무렵, '나'가 고향을 떠나 도쿄로 돌아가기 위해 야간버스에 올라탔을 때의 심경을 묘사한 후반부이다.

"모든 것은 스쳐 지나간다. 누구도 그것을 붙잡을 수 없다.
우리는 그렇게 살아가고 있다."

"모든 것은 스쳐 지나간다"라는, 스쳐 지나가는 것들에 대해
'어쩔 도리가 없다'는 감각. 주위에서 일어나는 일을 대하는 일
본인들의 공통적인 감각이다. 하루키 소설에는 언제나 이러한
감각이 녹아들어 있다.

한편, 초기 작품에는 뭔가에 실망했거나 맥이 빠졌을 때 말
하는 '맙소사'라는 대사가 많다.

'맙소사'라는 말에 포함된 '어쩔 도리가 없다'라는 체념의 감
각, 그것 역시 하루키 작품에 늘 흐르는 감각이다.

아마도 '무상관(無常観)'이라는 말을 사용하면 이러한 감각의
정리가 가능할 것이다.

'무상관'이란 '세상에 변하지 않는 것은 없다', '모든 것은 바
뀌어 간다'는 식의 견해나 사고방식을 뜻한다. 이것은 인도와
중국의 힌두교와 불교에서 출발하여 일본으로 유입되면서 일
본 고전문학의 중요한 사상이 되었다. 무상관이 잘 드러난 익
숙한 고전에는 《헤이케 이야기》(平家物語, 헤이케 가문의 성쇠를 엮은 가

마쿠라 시대의 대표적 군담 – 옮긴이)와 《쓰레즈레구사》(徒然草, 가마쿠라 시대 후기의 대표적 수필 – 옮긴이), 《호조키》(方丈記, 쓰레즈레구사와 함께 일본 중기의 대표적 수필로 꼽히는 작품 – 옮긴이)가 있다.

제1장에서 하루키의 부친인 무라카미 치아키는 승려이면서 국어교사였다고 이야기했다. 하루키는 매일 아침 아버지가 불단에서 독경하는 모습을 지켜봤을 뿐만 아니라, 일본의 고전문학에 대해서도 많은 가르침을 받으며 자랐다. 모친인 무라카미 미유키도 하루키가 태어나기 전까지는 국어교사였기 때문에, 아들의 '교육'에 힘을 보탰다고 한다.

"지금도 기억해, 《쓰레즈레구사》라든지 《마쿠라노소시》(枕草子, 일본수필의 효시로 꼽히는 대표적인 고전문학 – 옮긴이)는 전부 머릿속으로 외우고 있거든, 《헤이케 이야기》도 그렇고. 식사 시간에는 《만요슈》(万葉集, 일본에서 가장 오래된 시가집 – 옮긴이)에 대한 대화를 나누는걸" 하고 하루키는 말했다. '식사 시간 화젯거리'가 《만요슈》라니 밥이 제대로 넘어갈까 싶지만, 그런 식으로 고전을 접했었다면 어른이 되어서도 또렷하게 기억하는 건 당연한 노릇이다.

아무튼 대단한 기억력이다. 《쓰레즈레구사》와 《마쿠라노소시》는 단편을 모은 책이라 어느 정도 이해가 가지만, 그 방대한 《헤이케 이야기》를 '전부 머릿속으로 외우고 있다'라니.

중국문학 전문가로 하루키에 대한 저서도 내놓은 도쿄대 교수 후지이 쇼조는 '무상관'의 문제에 대해 이렇게 말한다.

  "중국에서 무라카미 하루키 비평을 하는 사람들이 가장 자주 거론하는 것이 무상관의 문제입니다. 무라카미라는 작가는 일본 헤이안 시대 이래의 전통적인 무상관을 잘 표현하고 있는데, 예를 들어 이 작품에서는 이렇다, 라는 식으로 이야기하고 있습니다. 번역서를 읽은 중국 사람들은 그 의견에 상당히 공감하는 듯합니다."

  서양 독자들의 경우는 요시모토 바나나의 붐이 일었을 때에도 나온 얘기지만, 인생에서 마주치는 다양한 문제의 정신적 해결 방법이 자신들과 크게 다르다는 점에 관심이 집중되는 모양이다. 그들은 비록 '무상관'이라는 말은 이해하지 못하더라도, 그와 같은 일본적인 정신작용에 매력을 느끼고 있는 것이다.

멸망해 가는 것들

하루키가 《헤이케 이야기》를 '전부 머릿속에 외우고 있다'는 이야기에 이해가 가는 부분이 있다.

《1Q84》의 '후카에리'는 신인상 수상 뒤의 기자회견에서 《헤이케 이야기》의 긴 문장을 '5분 동안'이나 암기한다. 보통은 '뭐? 이 소녀가?' 하고 놀랄 대목이지만, 하루키는 본인이 가능하므로 소녀 '후카에리'에게 시킨다고 해도 부자연스럽지 않았던 것이다.

한편, 《헤이케 이야기》는 철저하게 무상관을 이야기하며 시작된다. 그 유명한 도입 부분은 교과서에도 실려 있다.

기원정사의 종소리는, 제행무상이라고 울리는구나.
사라쌍수의 꽃 색깔은, 흥한 자는 반드시 망하게 된다는 이치를
나타내노니.

교만한 자도 영원할 수 없으니, 그저 봄밤의 꿈과 같도다.

이것은 권력을 독점한 다이라 일문이 미나모토 일문에게 멸망을 당하는 이야기이다. 미나모토 가문의 대군이 가차 없이 몰아붙인 끝에, 다이라 가문의 중심인물들은 죽임을 당하거나 스스로 자살을 택했으며, 여자들은 바다로 몸을 던졌고 어린 천황도 파도 사이로 사라지고 말았다. 이렇게 일족은 전멸했다.

그러나 미나모토 군을 승리로 이끌었던 요시쓰네 역시 이복형인 요리토모와의 권력 싸움에서 패하고, 이전에 있던 도후쿠의 히라이즈미로 밀려나 그곳에서 자살한다.

그리고 일단 권력을 손에 넣은 미나모토 일족도 수십 년 뒤에는 멸망하게 된다.

즉, 모든 것이 '무상'한 세계인 것이다.

《1Q84》에서 '후카에리'가 《헤이케 이야기》를 암송하는 대목은 두 번 있다.

한 번은 기자회견에서 암송한, '낙향하는 요시쓰네(判官都落)'이다. 이 부분에서는 일단 요시쓰네가 법황에게 요리토모를 치겠다는 허락을 받았는데, 엿새 뒤에는 상황이 완전히 역전되어 요리토모가 요시쓰네를 칠 허락을 얻었다는 내용이 담겨 있다. 그리고 이 대목 마지막에 이 이야기를 쓴 작자의 코멘트가 덧붙어 있다.

'아침에 바뀌고 저녁에 달라지니, 세상의 덧없음이야말로 가련하여라.'

역시 '무상'이라는 테마를 강조하고 있다.

'후카에리'가 암송을 하는 또 다른 대목은 '덴고'의 요청에 답하는 부분이다.

"그밖에 어떤 부분을 암송할 수 있는데?"

"듣고 싶은 대목을 말해봐."

"단노우라 해전"이라고 덴고가 떠오르는 대로 대답했다.

후카에리는 이십 초쯤 입을 다문 채 신경을 집중했다. 그리고 암송을 시작했다.

"미나모토 가의 사람들은 벌써 다이라 가의 배로 옮겨 탔으니……"

그 뒤로 한참 동안, 두 페이지에 걸쳐 암송이 이어진다. 《헤이케 이야기》의 클라이맥스로 통하는 '선황제의 투신(先帝身投げ)' 부분이다.

미나모토 가의 군사가 끊임없이 다이라 가의 배에 올라타고, 다이라 가의 사람들은 더는 저항할 수 없는 상황이 되었다. 다이라 기요모리의 아들인 도모모리가 작은 배에 올라타 천황의 배까지 가서, '다이라 가의 세상은 이렇듯 끝이 났사옵니다'라고 알린다. 기요모리의 아내이자 도모모리의 어머니인 이위 마마는, 어린 안토쿠 천황을 타일러 작은 손을 모아 동쪽의 이세 신궁과 서쪽의 극락정토에 절을 하게 한다. 그리고 그녀는 어린 천황을 품에 안고 바다로 뛰어든다.

이 암송을 듣는 '텐고'는 이렇게 감상을 말한다.

"눈을 감고 그녀의 이야기를 듣고 있으니, 그야말로 눈이 먼 비파법사의 이야기에 귀를 기울이고 있는 듯한 느낌이 들었다."

"마치 무언가가 그녀에게 빙의한 듯한 생각마저 들었다."

여기에서 말하는 '눈이 먼 비파법사의 이야기'란, 멸망한 다이라 가 사람들의 혼을 불러내어 몸소 그자들이 되어 이야기하는 진혼 행위를 일컫는다. 그래서 여기에서는 '후카에리'가 그와 같은 일종의 '영매(靈媒)'를 모방하고 있는 것이다.

그렇다, '후카에리'는 이 소설에서 중요한 매개물(무녀·영매)의 역할을 완수하고 있는데, 그 이야기는 뒤에서 좀 더 자세히 다루기로 하겠다.

이처럼 《1Q84》에는 《헤이케 이야기》를 생각하는 하루키의 마음이 반영되어 있다. 그것은 단순한 '무상관'의 강조에서 멈추지 않고, '멸망해 가는 것들'에 대한 애도를 포함하고 있다. 하루키가 이야기한 '일본인의 마음'이 강하게 느껴지는 대목이다.

'저편'의 유혹

하루키의 소설에는 '저편'이라는 단어가 자주 등장한다. 특히 《스푸트니크의 연인》에 많이 쓰였는데, 그다음 작품으로도 이어지고 있다.

'저편'이란 무엇일까.

일반적으로 사용되는 단어로 바꿔보자면, '타계(他界)', '이계(異界)', '명계(冥界)', '유계(幽界)', '피안(彼岸)', '천국(天國)' 정도라고 할 수 있을 것이다. 그러나 '저편'이라는 단어에서는 불교나 기독교의 분위기가 느껴지지 않는다. 그것은 종교라는 형식으로 단정할 수 있는 특정 장소가 아닌, 사람에 따라 달라지는 다른 세계를 가리키기 때문이다. 어딘가에 있을지 모르는 이곳이 아닌 장소, 이곳이 아닌 세계를 나타내고 있다.

그렇지만 학문적으로 다가갈 때는 '저편'이라는 단어는 사용할 수 없으므로, 표준적인 단어가 '타계'라고 볼 수 있으니 일단

'타계'에 대해 생각해 보겠다.

민속학의 뛰어난 학자였던 오리쿠치 시노부는 일본인이 갖는 다양한 타계 관념을, 산 정상이나 사이노카와라(부모보다 먼저 죽은 아이가 저승에서 부모 공양을 위해 돌을 모아 탑을 쌓는다는 삼도천 강변의 자갈밭 – 옮긴이) 등의 '가까운 타계'에서부터 바다 위나 하늘, 지하 등의 '먼 타계'에 이르기까지 꼼꼼하게 정리 분석하고 그 기원에 대해 다음과 같이 말했다.

"나는 바다의 타계가 먼저 생겨나 힘을 얻고, 그 뒤에 하늘의 타계가 힘을 얻었다고 생각한다."

즉, 일본인은 처음에 바다 너머에 '타계'가 있다고 믿었는데, 차츰 하늘 저편에 있다는 신앙으로 옮겨갔다는 것이다. 또한 지역공동체가 발달함에 따라 공동체 경계의 바깥쪽을 '타계'라고 하는 사고방식이 생겨났다고 한다.

하루키가 표현하는 '저편'은 이와 같은 '타계'에 대한 모든 일본인의 의식을 근거로 삼아, 그것을 다양한 방향으로 발전시켰다고 생각하면 이해하기 쉬울 것이다.

'저편'은 하루키의 많은 소설에 등장하는데, 그 장소와 입구는 여러 방향으로 설정되어 있으므로 간략히 정리해보자.

- 바다 너머 : 〈중국행 슬로보트〉 〈양 사나이〉 〈하나레이 만〉
- 하늘 저편 : 〈인육 먹는 고양이〉 《스푸트니크의 연인》

- 지하 : 〈땅속에 묻힌 그녀의 작은 개〉《세계의 끝과 하드보일
   드 원더랜드》《태엽 감는 새》〈녹색 짐승〉
- 산 위 : 《양을 둘러싼 모험》《노르웨이의 숲》《국경의 남쪽, 태
   양의 서쪽》
- 건물 밖 : 〈코끼리의 소멸〉〈신의 아이들은 모두 춤춘다〉
   《1Q84》
- 건물 안 : 〈도서관 기담〉《댄스 댄스 댄스》〈렉싱턴의 유령〉
   《해변의 카프카》〈어디에서든 그것이 발견될 것 같
   은 장소에서〉〈날마다 이동하는 신장처럼 생긴 돌〉
- 차 안 : 〈택시를 탄 흡혈귀〉〈택시를 탄 남자〉
- TV 속 : 〈TV 피플〉《어둠의 저편》
- 사람 몸 속 : 〈춤추는 난쟁이〉〈헌팅 나이프〉

이렇게 보면 하루키가 말하는 '저편'이란 특정 장소가 아닌, 모든 환상 속에 존재하는 '장소'라는 것을 알 수 있다. 하루키는 "인간의 마음속에는 이계(異界)가 있다"라고 말했는데, '저편' 역시 마음속에 자리한 장소라고 생각해도 좋을 것이다.

그러나 '저편'으로 가버린 자는 쉽게 되돌아올 수 없다. 동물로 말하자면 〈코끼리의 소멸〉의 코끼리와 〈인육 먹는 고양이〉의 고양이가 그러한데, 인간의 경우에 '저편'이란 '죽음'의 세계를 의미할 때가 많다. 《해변의 카프카》의 '나카타'와 '사에

키', 《1Q84》의 '아오마메' 등이 해당한다.

또한 다음 하루키의 말을 참고할 수 있다.

"평소에는 그런 생각을 하지 않지만, 소설을 쓸 때 죽은 이의 기운을 곧잘 느끼는 편입니다. 소설을 쓴다는 것은 황천국(黃泉國)에 간다는 느낌과 상당히 가까운 것 같거든요. 어떤 의미에서는 나의 죽음이라는 것을 먼저 경험하는 것일지도 모른다고, 소설을 쓸 때마다 문득문득 느끼기도 합니다."

소설은 '죽은 이의 힘'에 이끌려 간다, 소설을 씀으로써 '황천국' 즉, 저승으로 들어간다는 감각에서 '저편'이라는 표현이 생겨난 것이라면, '저편'이란 '죽음'의 다른 표현이라고 생각해도 좋을 것이다.

즉, '저편'은 흔히 말하는 '저 세상'과 비슷한 부분이 있다. 그러나 그러한 불교적인 감각과 이어지면서도 일본의 현대사회를 사는 사람들에게 언제나 바로 곁에 있는 것, 혹은 손이 닿는 곳에 있는 것으로 표현되고 있다는 것이 하루키의 '저편'의 특색이다.

요컨대 우리는 언제나 '저편'에 둘러싸여 살고 있는 것이다.

'영혼'들의 세계

　하루키는 일본 고전 속의 '영혼'이라는 발상을 사용하여 《해변의 카프카》의 등장인물을 만들어냈다. 이 소설에서는 《겐지 이야기》와 《우게쓰 이야기》에 등장하는 각기 다른 '영혼'의 취급 방식이 융합되어 있다.

　《겐지 이야기》에서는 '히카루 겐지'의 애인 '로쿠조노미야스 도코로'가 '생령'(살아있는 자의 혼)이 되어 정부인인 '아오이노우에'에게 달라붙어 죽여 버린다. 이 '생령'에 의한 살인이라는 방법은, 열다섯 살의 가출소년 '카프카'가 자신도 모르는 사이에 '나카타'에게 빙의하여 자신의 아버지 '조니 워커'를 칼로 찔러 죽인다는 장면에 사용되고 있다.

　'카프카'는 기억이 끊긴 사이에 자신의 셔츠에 피가 묻은 것을 보고 놀라는데, 그 무렵 도쿄의 나카노 구에 있는 아버지가 살해당한다. 그러나 '카프카'는 가가와 현의 도서관에 있었기 때문에 사실상 범행은 불가능하다고 볼 수 있다.

'카프카'를 관내에서 지낼 수 있게 해준 도서관 직원인 '오시마'는 동서고금의 서적에 밝은 인물인데, '카프카'에게 《겐지 이야기》의 '로쿠조노미야스도코로'를 예로 들어 이 상황을 설명해준다.

"히카루 겐지의 애인이었던 로쿠조노미야스도코로는 본처인 아오이노우에에 대한 심한 질투를 견디다 못해, 악령이 씌었어. 매일 밤 아오이노우에의 침소를 습격하다 급기야 죽여버리고 말았지. 아오이노우에는 겐지의 아이를 갖게 되었는데 그 소식이 로쿠조노미야스도코로의 증오의 스위치를 눌러버린 거야."

"그런데 이 이야기의 흥미로운 점은 로쿠조노미야스도코로는 자신이 생령이 되어버렸다는 것을 전혀 깨닫지 못했다는 거야. 그녀는 자신도 모르는 사이에 공간을 뛰어넘어 심층 의식의 터널을 빠져나가 아오이노우에의 침소를 다녔던 거지."

독자는 이 설명을 통해 '카프카'의 '아버지 살해'가 그의 '생령'의 짓이었다는 것을 알게 된다. 아마도 독자의 입장에서는 하루키의 소설과 《겐지 이야기》를 곧바로 연결 짓지 못하기 때문에 이러한 설명이 필요했을 것이다.

　한편《우게쓰 이야기》는 전반에 걸쳐 영혼이 떠도는 이야기를 담은 단편집이다. 인간을 증오하는 영혼, 사랑하는 상대에게 집착하는 영혼, 상대가 범한 죄를 알리는 영혼, 약속을 지키려고 하는 영혼 등 인간을 따라다니는 영혼에 대한 이야기로 이루어져 있다.
　《해변의 카프카》에서는 그 중에도 유명한 〈국화의 언약〉이라는 단편을 거론하고 있다.
　〈국화의 언약〉의 무사는 의형제를 맺은 친구에게 국화꽃이 필 무렵에 만나러 가겠다고 약속을 한다. 그러나 어떤 문제에 휘말려 감금을 당해 약속을 지키지 못하게 된 무사는 자신의 배를 갈라 자살을 하고 혼령이 되어 친구를 만나러 간다.
　'오시마'가 '카프카'에게 이 이야기를 하자,
　"하지만 그는 영혼이 되기 위해 죽을 수밖에 없었군요"라고 '카프카'는 말한다.

　그런데 이 두 이야기의 영혼 이야기는 대립하고 있다. 《겐지 이야기》에서는 인물이 살아있는 상태에서 자신도 모르는 사이에 영혼이 되지만, 《우게쓰 이야기》에서는 영혼이 되기 위해 스스로 죽음을 택할 수밖에 없는 상황이었다.

《해변의 카프카》에는 이 양쪽의 발상을 모두 적용했다. '카프카'는 자신도 모르는 사이에 '생령'이 되어 '나카타'에게 빙의해 아버지를 살해한다. 한편, '나카타'는 어린 시절에 '유체이탈'과 같은 상태에서 '저편'에 다녀온 적이 있다. 즉, 한 번 죽었던 인간이다. 그는 그 '저편'으로 돌아가기를, 자신의 영혼을 '원래 있던 장소'로 되돌려 놓기를 바란다. 그리고 역시 '저편'으로 돌아가기를 원하는 '사에키'의 영혼의 힘으로 그녀의 도서관에 이끌리듯 찾아가게 되고 둘은 자발적으로 죽음에 이른다.

이렇듯 이 작품에서는 두 고전에 나타난 '영혼'의 행동을 융합해내고 있다.

매력적인 '영매'들

하루키의 소설이 신화적이라고 보는 요소 중 하나가 많은 소설에 등장하는 신비한 사람들이다. 그들은 '이편'의 세계와 '저편'의 세계를 잇는 일종의 영매와 같은 역할을 완수한다. 그들은 민속학에서는 샤먼, 일본에서는 무당이나 무녀라고 부르는 특수한 능력을 가진 사람들에 가까운 존재지만 종교적인 이미지는 희박하다.

고대 유럽에서는 무녀나 영매를 '메디움(medium)'이라고 불렀다. 하루키 작품에 등장하는 신비한 사람들(동물과 사물일 때도 있다)을 통틀어 부르기에는, 고대적 의미에서의 '메디움'이라는 단어가 가장 잘 어울릴 듯하다.

하루키의 소설에 등장하는 '메디움'을 꼽아보면 우선 《1973년의 핀볼》에 나오는 '쌍둥이 자매'가 있다. 두 사람은 어디에서 왔는지도, 자신들의 이름도 말하지 않는다. 둘은 집안일을 돕기도 하고 섹스 상대가 되어 관계를 맺기도 했다. '나'의 '갈 곳 없는 마음'은 그녀들에게 위로를 받는다. 가을이 끝나갈 무렵, 두 사람은 '원래 있던 장소로 돌아가겠다'고 한다. '나'는 두 사람을 버스정류장까지 배웅하고 헤어진다.

이 작품에서의 '쌍둥이'는 '나'를 위로하기 위해 찾아온 천사처럼 묘사되고 있다.

명확한 '영매'의 모습으로 등장하는 것은 '양 사나이'이다. 그는《양을 둘러싼 모험》,《댄스 댄스 댄스》에 나온다. 양의 가죽을 머리부터 뒤집어쓴 작은 체구의 사나이로, 색다르지만 그렇다고 위엄이 넘치지는 않으며 옛날이야기와 같은 분위기를 풍긴다. 그러나 그 능력은 예사롭지 않다. 자살한 '쥐'가 되어 '나'와 대화를 하는 정도로 그치지 않는다. 그는 세계와의 관계가 제각각이 되어버린 사람과 그 세계와의 '매듭'을 만드는 것이 자신의 역할이라고 '나'에게 말한다. 즉, 강대하고 지배적인 초능력자라는 뜻이다.

이후의 작품에는 이 메디움(영매)과 비슷한 인물과 동물, 물건이 숱하게 등장하기 때문에 열두 편의 장편소설을 정리하여 그 리스트를 만들어 보았다.

- 《바람의 노래를 들어라》: 새끼손가락이 없는 여자
- 《1973년의 핀볼》: 나오코, 쌍둥이 자매, 배전반, 핀볼 기계
- 《양을 둘러싼 모험》: 귀 모델 여자, 양 박사, 양 사나이
- 《세계의 끝과 하드보일드 원더랜드》: 박사, 그림자, 도서관의 여자, 야미쿠로, 일각수
- 《노르웨이의 숲》: 나오코, 기즈키
- 《댄스 댄스 댄스》: 소녀 유키, 유미요시, 양 사나이
- 《국경의 남쪽, 태양의 서쪽》: 시마모토
- 《태엽 감는 새》: 전화 속 여자, 고양이, 오카다 구미코, 가노 구레타, 가노 마루타, 아카사카 너트메그, 아카사카 시나몬, 가사하라 메이, 와타야 노보루
- 《스푸트니크의 연인》: 스미레, 뮤
- 《해변의 카프카》: 나카타, 사에키, 고양이들, 조니 워커, 커널 샌더스
- 《어둠의 저편》: 아사이 에리, 시라카와, 얼굴 없는 남자
- 《1Q84》: 아오마메, 후카에리, 리더, 리틀 피플

단편소설을 포함하면, 하루키가 만들어낸 메디움의 수는 백여 가지가 훌쩍 넘는다. 그들은 모든 곳에 존재하며 인간을 다른 세계로 유도한다.

이러한 감각은 우리 마음속의 미지의 세계를 추구하는 욕구

로 이어지며, 독서를 통해 체험할 수 있는 새로운 경험을 가져
다준다.

새로운 종교를
찾아서

　1995년은 하루키의 인생에서 중요한 한 해였다. 이때를 경계로 작풍(作風)이 완전히 바뀌게 되었는데, 1995년에는 일본사회에 있어서 굵직한 두 사건이 있었다.

　1995년 1월 17일에는 한신 대지진이 일어났다. 아시야 시에 위치한 하루키 부모님의 집은 큰 피해를 당해 어쩔 수 없이 교토로 이사했다. 하루키가 어린 시절을 보냈던 아시야와 고베의 거리는 마치 폭격을 맞은 것처럼 파괴되고 말았다.

　하루키는 4년째 주로 미국에 머물며 장편 《태엽 감는 새》를 집필하고 있었는데, 이해 3월에 일시 귀국을 했다. 폐허가 된 고베의 거리를 둘러보고 "그 상처의 깊이에 충격을 받았다"고 전했다.

　그리고 3월 20일, 일본에 머물고 있던 하루키는 지하철 사린 사건(일본의 종교 단체인 옴진리교가 도쿄의 지하철에 신경 독가스인 사린가스를 살포한 사건 – 편집자)의 보도를 접하게 된다. 그는 이 '지진'과 '사린'이라는 두 대사건을 '거대한 폭력'으로 의식한 듯하다.

지진이 일어난 지 2년 뒤, 하루키는 '고무바닥으로 된 워킹슈즈'를 신고 니시노미야에서 고베까지 약 15킬로미터의 길을 걸으며 거리의 변화를 눈으로 직접 확인했다. 이것은 《하루키의 여행법》에서 이야기한 많은 여행 중 하나이다. 하루키는 이렇게 느꼈다고 한다.

"그 평화로운 풍경 속에는 부정할 수 없는 폭력의 잔향과 같은 것이 남아 있다. 그 폭력성의 일부는 우리의 발아래 잠들어 있으며, 또 다른 일부는 우리 자신의 내부에 잠재해 있다. 하나는 다른 하나의 메타포이기도 하다. 혹은 그것들은 서로 교환이 가능하다. 그들은 같은 꿈을 꾸는 한 쌍의 짐승처럼 그곳에 잠들어 있는 것이다."

그리고 이런 생각도 했다.

"지진의 그늘 속으로 걸음을 옮기며 '지하철 사린사건은 대체 뭐였을까?' 하는 생각을 줄곧 했다. 혹은 지하철 사린사건의 그늘을 지나며 '한신 대지진은 대체 뭐였을까?' 하고 끊임없이 생각했다."

"그 두 사건은 각각이 아니다. 하나를 풀어내면 아마도 나머지 하나를 보다 명쾌하게 풀 수 있게 될 것이다."

즉, 한신 대지진과 지하철 사린사건은 정체를 알 수 없는 폭력, 언제 우리를 덮쳐올지 모르는 폭력으로 하루키의 의식에 자리 잡게 된다.

하루키는 이후의 소설 테마로 자연의 폭력인 지진을 거론하였다. 그런가 하면 인위적 폭력인 지하철 사린사건에 대해서는 1년여에 걸쳐 사건 피해자 62명을 인터뷰하고, 한 사람 한 사람의 발언에 자신의 코멘트를 보태어 두툼한 논픽션 《언더그라운드》를 완성했다. 또한 오랜 시간 동안 과거 옴진리교의 신자였던 8명과 인터뷰한 내용과 심리학자 가와이 하야오와의 대담을 엮어 《약속된 장소에서》라는 책으로 발표했다.

그리고 하루키는 옴진리교가 추구했던 것이 사실은 일본인의 마음 한구석에 자리한 종교적인 의식과 이어지고 있는 것이 아닐까 하는 의문에 도달했다.

옴진리교는 불교와 요가 사상에 바탕을 둔 것으로 보고 있다. 예를 들어 밀교(密敎, 현교라고 하는 일반 불교의 대칭어로 대승불교의 한 교파 – 옮긴이)에는 탄트리즘(Tantrism)이라는 사상이 있다. 이를 실천하는 행자(行者)는 사람을 죽이거나, 인육을 먹거나, 불가촉천민인 여성과 성교하는 등의 반사회적인 행위를 차곡차곡 쌓으며 '깨달음'을 얻으려 한다. 이 수행방법은 요가를 중시하는 사상의 일부로 계승되었으며, 옴진리교의 사상으로도 이어지고 있다.

출가하여 옴의 신자가 된 자는 도사(導師)의 명령에 따라 '깨달음'을 위한 행동을 하게 된다. 그들에게 피해를 당한 자 쪽에서 본다면 당연히 절대 용서할 수 없는 폭력이지만, 작은 '왕국'과 같은 폐쇄적인 집단 안에서는 도사가 지시하는 행동이야말로 가장 정당한 행동이다. '왕'을 숭배하고 복종하며, '순사(殉死)'도 망설이지 않는다는 점에서는 제2차 세계대전 이전의 '천황제'와 약간 닮았는지도 모른다.

물론 하루키는 옴진리교라는 교단의 존재를 절대로 용납하지 않으며 도사에 대해서도 마찬가지다. 그러나 어렸을 때부터 불교적인 가정환경에서 자란 하루키이기에, '깨달음'을 간절히 바라며 현세를 부정하는 일본인의 종교의식이 옴진리교 신자의 의식 속으로 이어져 있는 것을 '민감하게' 느꼈다, 라고 말할 수 있지 않을까.

《1Q84》에서는 이러한 이해를 살려 컬트교단 '사키가케'를 묘사하고 있다.

하루키는 《언더그라운드》를 통해 다음과 같이 말했다.

"심리학적으로 말하자면, 우리가 본능적으로 무언가를 까닭 없이 싫어하고 강한 혐오감을 가질 때, 그것은 사실 스스로의 이미지를 부정적으로 투영한 경우일 때가 적지 않다. 그렇다면 센다가야 역 앞에서 옴진리교 신자의 모습을 보고 내가 가졌던 압도적인 혐오감도 어쩌면 그 언저리에서 발생한 것은 아닐까? 나는 멈춰 서서 그 가능성에 대해 새삼 생각해 보았다."

《약속된 장소에서》에서는 이렇게 표현했다.

"그들과 마주 앉아 이야기를 하는 동안, 소설가가 소설을 쓰는 행위와 그들이 종교를 간절히 희구하는 행위 사이에 부정할 수 없는 공통점 같은 것이 존재한다는 사실을 절실히 느낄 수밖에 없었다. 거기에는 상당히 닮은 점이 있다."

이러한 옴진리교의 검증으로, 하루키는 내부적으로 종교를 희구하는 것과 소설을 쓰는 것의 공통점을 발견하고 확인을 거칠 수 있었다. (다짐컨대, 이것은 옴진리교 교단과 도사에 대한 하루키의 부정적인 견해와는 별개의 이야기이다.)

소설을 쓴다는 것이 종교를 희구하는 것과 닮았다는 느낌은 어쩌면 많은 작가가 경험하고 있는 것일지도 모른다. 그러한 감각을 독자에게 전하는 작가로는 세토우치 자쿠초, 이쓰키 히로유키, 오에 겐자부로, 쓰시마 유코, 미야모토 데루, 요시모토 바나나, 오가와 요코……, 아직도 많다.

그러나 하루키의 경우에는 더 구체적인 자각이었다고 할 수 있다. 이후의 하루키의 소설이 크게 달라지고 있기 때문이다.

'지진 뒤에'라는 총 타이틀로 연재했던 단편(훗날 《신의 아이들은 모두 춤춘다》에 수록)은 모두 한신 대지진을 화제로 삼고, 그것은 인생에서의 불가해한 문제로 이어진다. 그중에 옛날이야기 수법을 사용하고 있으며 테마도 알기 쉬운 것이 〈개구리 군, 도쿄를 구하다〉이다.

주인공인 '가타기리'는 도쿄 신주쿠의 신용금고에서 근무하는 독신의 회사원이다. 어느 날 밤 그가 집으로 돌아오자, 뒷발로 서면 2미터가 훌쩍 넘을 만큼 거대한 개구리가 기다리고 있다. 개구리는 사흘 뒤 새벽에 '가타기리'가 근무하는 신용금고의 지하가 진원지인 대지진이 일어나 도쿄가 괴멸될 것인데, 그것을 막을 수 있도록 도와달라고 말한다. 지진을 일으키는 원흉은 지하에 있는 거대하고 사악한 지렁이인데, 개구리는 자신이 지렁이와 싸우면 뒤에서 '가타기리'가 용기를 주며 지원을 해달라는 것이다.

지진이 일어날 거라는 전날 저녁, '가타기리'는 신용금고 근처에서 젊은 남자의 습격을 받아 의식을 잃고 만다. 그가 병원에서 눈을 떴을 때에는 이미 지진이 예정된 시각을 넘기고 있었다. 그렇지만 지진은 일어나지 않았다. 잠시 뒤 병실로 찾아온 개구리는 '가타기리'가 꿈속에서 자신을 도와줬다며 감사하다고 말한 뒤 소멸해 버린다.

이 이야기에서는 지진을 땅속에 있는 사악한 존재가 일으키는 것으로 묘사했다. 그리고 그것과 싸우는 인간 이외의 존재(여기에서는 개구리의 모습을 하고 있다)가 있으며, 그것을 신뢰하고 지원한다면(즉, 기도하면) 사악한 존재를 없앨 수가 있다는 내용이다.

바로 여기에서 기도로써 지진을 막는다는 고대 신앙의 모습을 찾을 수 있다.

같은 연작 단편 중 하나인 〈다리미가 있는 풍경〉에는 다리미가 누군가의 대역이라는 의식을 그리고 있다.

고베에 있는 처자식과 헤어져 혼자 이바라키 현의 해안에서 살고 있는 화가는, 역시 가출하여 이곳으로 온 여자에게 자신의 그림에 대해 이렇게 말한다.

"방에 다리미가 있어. 그게 고작인 그림이야."

"근데 왜 설명하기 어려운 거죠?"

"사실 그건 다리미가 아니거든."

"그러니까 그게 뭔가를 대신하는 것이란 뜻이군요?"

"그럴지도 몰라."

이 다리미는 지진으로 큰 피해를 당한 고베에 두고 온 처자식의 '대역'일 거라고 생각할 수 있다. 다리미는 가정이나 따뜻함을 연상시키기 때문이다.

그렇다면 이것은 일종의 '가타시로(形代)'일지도 모른다. '가타시로'란 혼을 불러내어 깃들게 하기 위한 인형이나 물건을 뜻한다.

이후의 장편소설 《해변의 카프카》에도 고대의 종교적 감각이 짙게 나타나고 있는데, 《어둠의 저편》이라는 장편소설에서는 더 나아가 작자가 '신'의 입장에 선다는 실험을 하고 있다.

《어둠의 저편》에서는 화자인 '우리'가 마치 방범 카메라인 양 모든 것을 지켜보는 입장에 서 있다. 소위 '신의 눈'으로, 인간의 마음속 깊은 어둠을 관찰하고 있다고도 할 수 있다. 도쿄 시부야의 심야 패밀리레스토랑과 러브호텔이라는, 현실 속 번화가의 어둠 사이에서 벌어지는 남녀 행위를 구체적으로 묘사한다. 또한 잠들어 있는 여자 '아사이 에리'와 중국인 창녀를 때려 문제를 일으킨 남자 '시라카와'는 현실의 모습과 TV 속 영상으로 보여주고 있다. 그들 마음의 어두운 부분을 들여다보고 있는 것이 이 이야기의 화자인 것이다.

이전의 하루키 작품에서 '신의 눈'의 입장에 선 화자라는 설정은 없었다. 이것은 소설을 쓰는 것이 종교를 희구하는 것과 닮았다는 하루키의 구체적인 감각의 표현이다.

하루키 스스로가 일종의 메디움(영매)의 포지션을 획득했다고도 할 수 있을 것이다. 그 이후의 《1Q84》에서는 실존하는

'여호와의 증인'과 '야마기시즘'(평화롭고 행복한 사회 건설을 목표로 내세워 무소유, 공동사용, 공동생활이 기본인 사회를 실현하고자 하는 운동 – 옮긴이) 또는 '옴진리교' 등을 연상시키는 다양한 집단에 대한 시선을 자유롭게 표현하고 있다.

6장

사랑과 섹스

섹스는 관계의 확인이다?

섹스를 쓰는 이유

하루키의 소설에는 인상에 강하게 남는 섹스 묘사가 많다.(중국에서는 포르노로 읽히는 경우도 있다고 한다.) 책 전체의 밸런스로 보자면 결코 분량이 많다고는 할 수 없지만 상당히 인상적이다.

하루키는 어째서 섹스를 쓰는가에 대해 이렇게 말하고 있다.

"초반의 작품에는 성 묘사를 거의 넣지 않았습니다. 그래서 최근 작품보다 그 시기의 작품을 더 좋아하는 독자도 계시죠."

"이야기의 양이 점점 늘어나고 내용이 깊어짐에 따라 불가피하게 성과 폭력에 대한 묘사를 넣을 수밖에 없었습니다. 피해 갈 수 있는 게 아니었기 때문입니다."

하루키의 곁에서 '최초의 독자' 역할을 하는 아내 요코는 이렇게 말한다.

"남편의 소설에는 섹스가 다양한 형식으로 등장하죠? 그래서 나도 물어본 적이 있어요. 어떻게 그렇게 쓰는 거냐고요. 그러자 '모르겠어' 하고 말하더군요. '생각해 본 적도 없어. 그냥 써지는 거지'라고요. 그래서 그때 생각했죠. 섹스는 뭔가의 실마리일 거라고요."

하루키는 "섹스는 인간과 인간을 맺어주는 중요한 요소라고 생각한다"라고 말한다.

작품에 따라 다양하지만 하루키가 표현하는 섹스의 의미는 원칙적으로 상대와의 관계를 확인하기 위한 섹스, 혹은 세계와의 관계를 되찾기 위한 섹스인 경우가 많다.

'뭔가의 실마리'란 아마도 '인간관계의 실마리'일 것이다.

초기 작품에서의 섹스는 앞날의 희망을 느끼게 하려는 즐거운 장면으로 그려지는 경우가 많았다.

예를 들어 《1973년의 핀볼》의 '나'는 '쌍둥이 자매'와 함께 섹스를 하고, 《노르웨이의 숲》의 '나'는 여러 여자들과 오락 개념의 섹스를 한다. 그리고 여행을 떠나는 '레이코'와는 '치유'의 섹스를 한다. 섹스는 청춘을 상징하는 것처럼 묘사되고 있다.

그러나 하루키가 표현하는 섹스는 점차 즐거움이나 재미, '치유'와 같은 이미지에서, 이야기의 전개상 '필연성'을 지닌 성행위나 '감춰진 특별한 의미'를 지닌 성행위로 바뀌어 간다. 성행위에 관련된 '폭력성'도 나타나게 된다.

《국경의 남쪽, 태양의 서쪽》의 '시마모토'는 이별 신호라는 의미에서 '나'와 섹스를 하고, 《태엽 감는 새》에서는 아내 '구미코'를 대신하여 '가노 구레타'가 '나'와 섹스를 한다. 모두 '필연성'을 지닌 섹스이다.

《스푸트니크의 연인》의 '뮤'는 유원지 관람차에서, 자신의 방에서 남자와 관계를 갖는 '또 하나의 나'의 환상을 보고 깊은 트라우마를 갖게 된다. 이것은 일종의 폭력적인 성 체험이라고 말할 수 있다.

《해변의 카프카》의 쉰 살이 넘은 '사에키'는 사랑하는 소년과 함께 했던 열다섯 살 소녀의 의식으로 되돌아가 열다섯 살의 소년 '카프카'와 섹스를 한다. 이때의 성행위는 죽음을 바라는 '사에키'가 취하는, 인생을 끝내기 위한 마지막 행동이다.

《어둠의 저편》에서는 회사원인 '시라카와'가 중국인 창녀를 때려 상처를 입힌다. 방범 카메라에 찍힌 그의 얼굴은 '폭력'의 증거이며, 다른 장소에서 잠들어 있는 여자의 의식에 섞여든다. 여기에서는 폭력적인 성행위가 다른 여성에게 '전이'되는 초현실적 현상이 일어나고 있다.

《1Q84》에서는 소녀 '후카에리'가 자신의 작품 〈공기 번데기〉를 고쳐 써준 '덴고'를 섹스로 이끈다. 이 경우의 '후카에리'는 '덴고'와 하나가 됨으로써 〈공기 번데기〉가 만들어낸 '1Q84년'이라는 이공간(異空間)을 강화하고 지속시키려 한다. 또한 동시에 '후카에리'는 '덴고'가 여전히 사랑하고 있는 '아오마메'를 대신하는 역할도 맡고 있다.

이러한 표현은 때로 독자를 놀라게 할 정도로 격렬한데, 하루키는 이렇게 설명한다.

"섹스 장면이나 폭력적인 장면은 읽는 사람에게 어느 정도의 고통이나 불쾌감 또는 위화감을 느끼게 할 정도가 아니면, 그 의미를 발휘하지 못하는 경우가 있습니다."

이렇게 하루키가 묘사하는 섹스는 이야기 속 위치에 따라 의미를 부여받고, 충격성을 강화하며 묘사되고 있다.

'의식'으로 그려지는 섹스

《노르웨이의 숲》에서 묘사하는 섹스는 여성이 자신을 '해방'하기 위한 의식으로 그려지는 경향이 강하다. '나오코'는 스무 살의 생일에 생전 처음으로 '나'와 섹스를 하는데 이때 딱 한 번뿐이다. 그 이후로는 생리적으로 섹스가 불가능하여 손이나 입으로 '나'를 사정하게 한다. 만 스무 살을 맞이한 날에만 섹스가 가능했던 이유는, 그때의 '나'를 고교 시절에 자살한 애인 '기즈키'의 대신으로 생각하고 '기즈키'의 기억에서 벗어나려고 했기 때문이라고 볼 수 있다. 이 시도가 실패로 끝나면서 '나오코'의 이후 인생은 내리막길로 접어든다.

또한 《노르웨이의 숲》에서는 '레이코'와 '나'의 섹스도 묘사하고 있다. 피아노를 가르쳤던 소녀 제자에게 상처를 받고 정신이상을 겪은 뒤 이혼을 하고 시설에 들어온 '레이코'는, 홋카이도로 돌아가기로 결심하고 '나'에게 섹스를 제의한다. 이 역

시 남성과의 관계로 자신을 '해방'하려고 하는 행위였다고 볼
수 있다.

현실 세계를 실감하기 위한 섹스도 있다.

《댄스 댄스 댄스》에서 '나'는 호텔 프런트의 '유미요시'와 섹
스를 한다. 두 사람 모두 '양 사나이'가 있는 비현실의 세계를
경험한 뒤였다.

"어둠 속에서 나는 그녀 몸의 구석구석을 하나하나 확인해
나갔다. 어깨에서 팔꿈치, 손목, 손바닥 그리고 열 개의 손가락
까지. 어떤 사소한 부분도 놓치지 않았다. 나는 그것을 손가락
으로 더듬고 그곳에 봉인하듯 입을 맞췄다. 가슴과 배, 옆구리,
등, 다리 모양을 하나하나 확인하고, 그리고 봉인했다. 그렇게
할 필요가 있었던 것이다. 그렇게 하지 않으면 안 되었기 때문
이다. 나는 그녀의 음모를 손바닥으로 부드럽게 어루만지고
그곳에도 입을 맞췄다. 그리고 성기에까지도.
현실이다, 라고 나는 생각했다."

단편 〈벌꿀 파이〉에서는 대학 시절 사이좋은 세 친구였던
'준페이', '사요코', '다카쓰키'의 인생을 그리고 있다. '준페이'는
'사요코'를 좋아했지만 '다카쓰키'가 먼저 '사요코'에게 구애를
하고 두 사람은 결혼한다. 그리고 딸도 태어나지만 '다카쓰키'

에게 다른 여자가 생기면서 두 사람은 이혼한다. 한편 '준페이'는 두 사람이 결혼한 뒤에도 자주 그들의 집에 드나들며 가족이나 다름없는 사이를 유지하고 있었다. 두 사람이 이혼하고 2년 뒤, '준페이'는 우연한 계기로 '사요코'와 관계를 가진다. 과거 '사요코'는 '준페이'를 좋아했는데, 그가 우물쭈물하자 '다카쓰키'의 구애를 받아들였던 것이다. 긴 세월이 흐른 뒤에 성사된 '준페이'와 '사요코'의 섹스는 다음과 같이 묘사되고 있다.

"두 사람은 맨몸으로 조용히 서로를 끌어안았다. 태어나서 처음으로 섹스를 하는 소년과 소녀처럼 상대 몸의 모든 부분을 서투르게 쓰다듬었다. 오랜 시간을 들여 서로를 확인한 뒤에 준페이는 드디어 사요코의 안으로 들어갔다. 그녀는 이끌리듯이 그를 받아들였다. 하지만 준페이는 그것이 현실에서 생긴 일이라고는 생각지 못했다. 희미한 불빛 속에서, 어디까지나 끝없이 이어진 인적 없는 다리를 건너고 있는 것 같았다."

이 섹스는 관계를 위한 조용한 '의식'으로 그려지고 있다.

《1Q84》의 소녀 '후카에리'와 '덴고'와의 섹스는 '1Q84년'이라는 다른 차원의 세계를 강고하게 하기 위한 '의식'이다. 두 사람이 공동으로 〈공기 번데기〉라는 소설을 완성했을 때 다른 차원의 세계가 생겨났기 때문이다.

여기에서는 '후카에리'가 '덴고'를 섹스로 이끈다. 뇌우가 몰아치던 밤, '후카에리'가 '덴고'의 방에서 묵었을 때다.

"그런 이제 막 갖춰진 작은 성기에 성인인 그의 페니스가 들어가리라고는 도저히 생각할 수 없었다. 너무 크고 너무 딱딱하다. 아픔은 컸을 것이다. 그러나 정신을 차렸을 때 그는 이미 깊숙한 곳까지 후카에리의 안에 들어가 있었다. 저항다운 저항은 없었다. 후카에리는 그것을 삽입할 때 얼굴색 하나 변하지 않았다."

그리고 '덴고'는 삽입 상태에서 환각에 시달린다. 열 살인 그는 초등학교 교실에 있었는데 소녀(=아오마메)에게 손을 붙잡힌 채였다. 소녀가 손을 놓고 일어서서 가버리자 '덴고'는 '후카에리'의 몸 안에 격렬하게 사정을 한다.

관계를 확인하기 위한 '의식'으로 성행위를 묘사하는 것은 하루키 작품의 특징이다. 그것은 상대와의 관계일 뿐만 아니라, 세계와의 관계를 확인하기 위한 행위라고도 할 수 있다.

사라진 것과
존재하는 것

하루키의 소설에는 쌍둥이 자매나, 옷이나 신발 사이즈가 완벽하게 같은 여자들이 상당히 자주 등장한다. 어째서일까.

"나의 꿈은 쌍둥이 자매 친구를 갖는 것이다"라고 하루키는 말했다. 그러나 현실적으로 어렵다고 생각한 그는 이렇게 다시 말했다.

"그러나 곰곰이 생각해 보면 쌍둥이와 교제한다는 것은 현실적으로 상당히 어려울 거라는 생각이 든다. 첫째로 비용이 많이 발생한다. 식사비도 평범한 데이트의 두 배이다. 선물도 어느 한 사람에게만 할 수는 없는 노릇이다. 비용뿐만이 아니다. 두 사람에게 각각 언제나 공평하게 행동한다는 것은 무척 어려운 일일 것이다."

즉, 자신이 쌍둥이를 좋아하는 건 현실 문제가 아니라 관념적인 문제라고 보며 다음과 같이 설명했다.

"나는 쌍둥이라는 상황을 좋아한다. 쌍둥이와 함께 있다는 가설 속의 나를 좋아한다."

어렴풋이나마 이 '꿈'을 이해할 수 있을 것 같다. 같은 얼굴과 같은 모습에 같은 목소리를 가진 매력적인 여성 둘이 동시에 곁에 있다면 분명히 즐거움도 두 배가 될 것이다. 게다가 일반적인 남녀관계는 1대 1이기 마련인데, 같은 모습의 두 사람이 그곳에 있다는 것은 인식의 혼란이라고 할 만한 신비스러운 감각을 불러일으킨다.

《바람의 노래를 들어라》에 등장하는 '새끼손가락이 없는 여자'는 자신에게 '쌍둥이 자매'가 있다고 얘기하지만 소설 속에서 그 '자매'는 등장하지 않는다.

다음으로 《1973년의 핀볼》에는 '쌍둥이 자매'가 갑자기 나타났다가 갑자기 사라진다. '쌍둥이'는 '천사'와 같은 존재로 그려진다. 두 사람은 천진하고 밝으며 섹스를 할 때도 함께 '나'를 즐겁게 해준다. 그녀들은 '나'에게 아무것도 요구하지 않기 때문에 경제적인 부담도 없다.

이 '쌍둥이'야말로, '나의 꿈'이라는 하루키의 즐거운 공상의 산물일 것이다.

그런데 여기서 이야기하고자 하는 것은 하루키 소설에 유난히 자주 등장하는, 옷과 신발 사이즈가 완벽하게 같은 여성들 쪽이다. 그녀들은 죽거나 행방불명이 된 여성의 '대역'으로 나타난다.

《노르웨이의 숲》의 결말 부분에서 '나'는 '레이코'와 섹스를 한다. '나오코'는 이미 자살해 버린 상태이다. 여기에서의 '레이코'는 정상적인 섹스가 불가능해진 '나오코'의 대역이다.

"있지, 이 셔츠 근사하지?" 하고 레이코가 물었다.

"그렇네요" 하고 나도 동의했다. 정말 아주 시원스러운 무늬의 셔츠였다.

"이 옷 나오코 거야" 하고 레이코는 말했다. "알아? 나오코와 나는 옷 사이즈가 거의 같아. 셔츠도 바지도 신발도 모자도."

이처럼 사이즈까지 같다는 설정으로 두 사람의 동질성을 강조하고 있다.

단편 〈토니 다키타니〉는 영화로도 만들어진 작품이다. 영화에서는 미야자와 리에가 1인 2역을 맡았는데, '쌍둥이처럼 꼭 닮았다'라는 테마를 이해하기가 쉽다.

주인공 '토니 다키타니'는 유명한 일러스트레이터이다. 젊은 아내는 명품 마니아로 매일 같이 옷과 신발과 모자 등을 사 모았는데, 자동차 사고로 갑자기 세상을 떠나버린다. '토니 다키타니'는 주인을 잃은 '방 하나 분량'의 옷과 신발을 바라보며 시간을 보낸다.

"장례식을 마치고 열흘 뒤, 토니 다키타니는 신문에 어시스턴트 여성을 모집하는 광고를 낸다. 옷 사이즈는 7, 신장 161센티미터 전후, 신발 사이즈 22의 여성을 구함. 급여 우대."

그는 지원자 중에 아내의 체형과 가장 비슷한 여자를 뽑아 그녀에게 이렇게 말한다.

"한 가지 조건이 있다. 사실 나는 아내를 잃은 지 얼마 안 되어, 아직 아내의 옷이 집에 많이 남아있다. 그 대부분은 새것이거나 새것과 다름이 없다. 당신이 여기서 일하는 동안 그 옷을 유니폼 대신 입어주길 바란다."

여자는 이상하게 생각하지만, 돈이 필요했기 때문에 그 제안을 받아들인다.

그러나 '토니 다키타니'는 얼마 뒤 여성에게 전화를 걸어 이 얘기를 전부 취소해버린다. 그리고 중고 가게에 아내의 옷을 넘겨 처분하고, 텅 빈 옷 방에 틀어박혀 멍하니 시간을 보낸다. 그는 '이제 모두 끝나버린 일이다'라고 느낀다.

이 이야기에서는 죽은 아내의 옷에 아내의 몸과 마음이 남아있다고 믿는 한 남자가, 같은 사이즈의 여자에게 그것을 입히려다 그만둔다. 그 옷에는 이제 아무것도 없으며, 이미 모든 것은 끝났다고 자각했기 때문이다.

《태엽 감는 새》의 '나'는 우물 바닥에서 알몸으로 나온 '가노 구레타'에게 행방불명된 아내 '구미코'의 옷을 입힌다.

"옷은 생각대로 전부 가노 구레타에게 잘 맞았다. 신기할 정도로 딱 맞았다. 신발 사이즈까지 똑같았다."

그리고 '나'는 '가노 구레타'와 섹스를 하는데, 이때 '나'는 그녀가 아내의 '대역'임을 의식하고 있다.

"나는 가노 구레타가 입은 구미코의 옷을 벗기고 그녀와 관계를 가졌다. 나는 가노 구레타와 섹스를 하며 때때로 구미코와 관계를 갖는 듯한 착각에 빠지기도 했다. 나는 사정할 때 이제 분명히 깨어날 거라고 생각했다. 하지만 깨어나지 않았다. 나는 그녀 안에 사정하고 있었다. 그것은 진짜 현실이었다."

위의 이야기들에서는 옷과 신발 사이즈가 같은 여성들에 대한 하루키의 특별한 마음이 느껴진다. 신체조건으로 여성을 대하는 감각이란 게 확실하지만, '쌍둥이'에 대한 단순한 동경을 넘어선 좀 더 관념적인 것이다.

다소 어렵게 설명하자면, 그곳에 있지 않은 타자와 똑같은 다른 타자를 그곳에 존재하게 만드는 시도라고 할 수 있다. 종교의식에서 신의 영혼을 깃들게 하는 인형이나 사람을 본뜬 물건을 '가타시로'라고 하는데, 이 경우에는 사이즈가 같은 옷과 신발도 영혼을 깃들게 하기 위한 일종의 '가타시로'이다.

여성에만 국한된 것은 아니다. 단편 〈레더호젠〉에서는 일본인 중년여성이 독일 여행 중에 남편의 레더호젠(가죽 반바지)을 사려고 그와 체형이 닮은 독일인 남자를 가게로 데려온다. 그리고 그 남자가 레더호젠을 입은 모습을 보는 사이에 갑자기 남편에 대한 혐오감이 솟구쳐 이혼을 결심하게 된다. 이 이야기의 경우에는 반바지가 마이너스 의미에서의 '가타시로'라고 할 수 있다.

마더콤플렉스의 소년들

하루키의 소설에서는 어머니가 '여자'로 묘사되는 경우가 많다. '여체(女体)'로서의 어머니는 남자아이에게 때때로 공포를 불러일으키는 존재이며, 아름다운 동경의 대상이 되기도 한다.

단편 〈신의 아이들은 모두 춤춘다〉의 '요시야'에게는 아버지가 없다. 어머니조차 누가 그의 아버지인지 모른다. 그래서 어머니는 자신이 열중하고 있는 새로운 종교의 '신주님'이라고 불리는 신이 아버지라며 '요시야'를 키워왔다.

그리고 그녀는 '여자'로서, '여체'로서 묘사된다.

"그녀는 어머니로서의 자각이 거의 희박했다. 혹은 그저 단순하게 괴짜였다. 요시야가 중학교에 올라가 성적 호기심에 눈을 뜬 뒤로도 태연하게 속옷 바람으로, 혹은 벌거벗은 몸으로 집 안을 돌아다녔다. 침실은 물론 따로 썼지만, 한밤중에 외로워지면 거의 아무것도 걸치지 않은 차림으로 그의 방에 찾아와 이불 속으로 파고들었다. 그리고 개나 고양이처럼 요시야의 몸에 달라붙어 잠들었다. 어머니에게 악의가 없는 것은 잘 알고 있지만, 그럴 때마다 요시야의 마음은 결코 평온하지는 않았다. 발기했다는 사실을 어머니에게 들키지 않기 위해 그는 상당히 부자연스러운 자세를 취하지 않으면 안 되었다."

"어머니와 치명적인 관계에 빠지게 될까 두려워, 요시야는 가벼운 섹스 상대가 되어줄 만한 걸프렌드를 필사적으로 찾았다."

여기에서는 '발기했다는 사실을 어머니에게 들키지 않기' 위해 즉, 어머니의 '여체'에 대한 성욕을 스스로도 두려워하는 소년의 모습이 그려지고 있다. 어머니를 한 사람의 '여자'로 의식하는 것에 대한 두려움이다.

요시야는 그 뒤로 '아버지' 찾기를 시도하지만 실패로 끝난다. 그는 아버지일지도 모른다고 생각하는 남자를 뒤따라갔다가 밤의 야구장에서 놓치고 만다. 그리고 그곳에서 혼자 춤을 출 뿐이었다.

요컨대 그에게는 어머니밖에 없었다. 그리고 그 어머니는 '여자'인 것이다.

《해변의 카프카》에서도 이와 비슷한 상황이 그려진다.

열다섯 살의 가출소년 '다무라 카프카'에게 어머니뻘인(어머니일지도 모르는) 쉰 살이 넘은 도서관 관장 '사에키'는, 동갑내기 소년과 섹스를 했던 열다섯 살의 소녀 시절로 돌아가 꿈을 꾸는 듯한 상태에서 '카프카'가 자는 방을 찾는다. 그리고 그의 침대 속으로 파고든다.

그런데 '카프카'는 '요시야'와는 달리 거부하지 않는다.

"그녀는 알몸이 되자 좁은 침대 안으로 들어왔다. 흰 팔로 나의 몸을 감는다. 나는 그녀의 따뜻한 입김을 목덜미에 느낀다. 허벅지에 그녀의 음모가 닿는 것을 느낀다. 사에키 씨는 아마도 나를, 아주 오래전에 죽은 연인이었던 소년으로 생각하는 것 같다."

"너는 사에키 씨를 안고 그녀의 안에 사정했어. 몇 번이나. 그녀는 그때마다 그것을 받아줬어. 너의 페니스는 아직 따끔따끔할 거야. 그건 아직 그녀의 질의 감촉을 기억하고 있기 때문이지. 거기도 너를 위한 장소 중의 하나야."

이때의 '카프카'는 그리스 비극인 '오이디푸스 왕'과 비슷한 위치에 놓여 있다. 아무것도 모르고 아버지인 왕을 죽인 뒤에 왕비(자신의 어머니)를 아내로 삼았다가 그 사실을 알고 자신의 두 눈을 도려낸 비극의 왕이다. 이 왕의 이야기에서 프로이트의

'오이디푸스 콤플렉스'(아버지를 쓰러뜨리고 어머니를 독점하려고 하는 남자의 심리경향)라는 용어가 만들어졌다.

《해변의 카프카》의 테마 중 하나가 '오이디푸스 콤플렉스'라고 할 수 있는데 주인공 '카프카'에게는 결코 비극이 아니었다.

'카프카'는 아버지가 도쿄에서 살해당했을 때 가가와 현에 있었다는 현실의 알리바이를 갖고 있기 때문에 자책에 빠질 일이 없었고, 어머니와 관계를 갖는다는 행위는 어릴 때 자신을 버린 어머니를 '용서한다'는 아름다운 의식으로 받아들일 수 있었다. '오이디푸스 왕'의 이야기가 해체되는 대목이다.

《1Q84》에서 '덴고'의 아버지는 그의 '생물학적' 아버지가 아니며, '덴고'는 어머니가 다른 남자와 관계를 갖고 생긴 아이였다. 따라서 '덴고'의 기억 속 어머니는 '아버지가 아닌 남자에게 젖꼭지를 빨리고' 있는 '여체'로서의 어머니이다.

이처럼 '어머니'를 찾는 소년의 심리가, 성적대상인 어머니의 '여체'를 찾는다(혹은 피한다)는 행위로 전환하여 전개된다는 점에 하루키식 표현의 충격성이 있다.

레즈비언의 불행

하루키의 소설에는 레즈비언이 등장하는 경우도 많은데, 행복한 커플로 그려지는 일은 별로 없다. 경험이 없는 여성에게 레즈비언인 여성이 접근했다가 거부당하거나, 친구 사이인데 우연하게 접촉을 하게 된다는 식의 어중간한 관계가 많다.

인생을 엉망진창으로 만들 정도로 심한 피해를 입는 인물은 《노르웨이의 숲》의 '레이코'다. 그녀는 피아노를 가르치던 제자인 열세 살짜리 소녀에게 동성애적 행위를 당하고 쾌감을 느끼지만, 이성을 되찾고 그녀의 뺨을 때린다. 그리고 그 일로 소녀에게 보복을 당하고 만다. '레이코'가 소녀에게 난폭한 짓을 했다는 누명을 쓰고 소문에 휘말린 것이다. '레이코'는 자살미수를 벌이고, 결국 이혼을 한 뒤 정신이상을 앓는 사람들이 요양하는 시설에서 7년 동안이나 살게 된다.

'레이코'는 소녀로부터 받은 동성애 행위를 구체적으로 설명하고 있다.

"그 아이가 내 등을 쓰다듬고 있었는데, 그 쓰다듬는 손길이 상당히 관능적이었어. 남편 실력은 발끝에도 미치지 못할 정도로. 한번 쓰다듬을 때마다 정신이 조금씩 아득해지는 것을 느낄 수 있었지. 그 정도로 굉장했어. 정신을 차리고 보니 그 아이는 내 블라우스를 벗기고, 내 브래지어를 풀고는 가슴을 만지고 있었어. 그래서 난 그제야 깨달았어, 이 아이는 타고난 레즈비언이라는 것을."

"잠시 그렇게 계속하더니, 그다음에 오른손이 점점 아래로 내려왔어. 그리고 속옷 위로 그곳을 만졌지. 그때 난 이미 참을 수 없을 정도로 젖어버린 거야, 거기가."

'레이코'의 몸은 상대의 동성애적 행위에 반응하고 있었다. 그러나 정신적으로 그것을 거부해버린 것이다.

《스푸트니크의 연인》에서는 소설가 지망생인 '스미레'가 연상의 한국인 여성 '뮤'에게 사랑을 느끼고 동성애적 행위를 한다. 그러나 '뮤'의 몸은 조금도 반응하지 않는다. 밀쳐낼 정도의 거부 행동을 보이지는 않지만 레즈비언으로서의 성적 반응이 없는 것이다.

'뮤'는 그때의 일을 '나'에게 이야기한다.

"난 동성애 경험이 없었고, 나에게 그런 경향이 있다고 생각해 본 적도 없었어. 하지만 만일 스미레가 진지하게 원하는 거라면, 난 그에 답해도 상관없다고 생각했어. 적어도 혐오감 같은 것은 없었거든. 이상한 기분은 들었지만 익숙해지자고 생각했지. 그래서 나는 하는 대로 내버려뒀던 거야."

"스미레가 내 몸을 그런 식으로 소중하게 만지고 있다는 것 자체가, 어떤 면에서는 기쁘기까지 했어. 하지만 마음이 아무리 그렇게 느껴도 내 몸은 그녀를 거부하고 있었어. 스미레를 받아들이려 하지 않았지."

이렇게 '스미레'는 '실연'을 하고 행방불명이 되는데, '스미레'가 레즈비언이 되는 것은 운명이었다는 식으로 묘사하고 있다.

그녀의 이름은 어머니가 모차르트의 가곡 〈제비꽃〉('스미레는 일본어로 '제비꽃'이라는 뜻임 – 옮긴이)에서 가져온 것이다. 이 가곡은 괴테의 시에 곡을 붙인 것으로 '스미레'의 운명을 암시하고 있었다.

괴테의 시 〈제비꽃〉은 다음과 같은 내용이다.

들판에 피어있는 제비꽃은 소녀가 자신을 따주기를 바라지만, 소녀는 제비꽃에는 시선도 주지 않고 밟고 지나가 버린다. 그래도 제비꽃은 기뻤다.

"왜냐면 그 아이에게 밟혀 죽는 거잖아, 그 아이의 발치에서 죽는 거잖아" 하고 제비꽃은 생각한다. 레즈비언으로서는 최고로 행복한 사랑일지도 모른다.

이렇게 '스미레'는 어머니의 명명(命名)으로 인해 레즈비언이 될 숙명을 지니게 되었다. 레즈비언이 타고난 숙명이라면 그것은 '비극'이라는 견해가 소설 속에 흐르고 있는 것이다.

《1Q84》에는 '아오마메'와 고교 시절 친구였던 '다마키'와의 여행담이 등장한다.

"이야깃거리가 잠시 떨어졌을 때, 그녀들은 호텔 침대 안에서 서로의 벗은 몸을 만졌다. 어디까지나 돌발적이었던 일로, 다시는 반복되지 않았으며 그 일에 관해 이야기한 적도 없었다."

즉, 일상적인 레즈비언 관계로는 발전하지 않은 친구 관계이다. '아오마메'는 이후로도 계속 '다마키'와 친구로 지내며, '다마키'에게 피해를 준 남자들에게 보복을 한다.

'다마키'가 선배 남학생에게 강제로 겁탈을 당하자 '아오마메'는 그의 방을 철저하게 파괴한다. 그리고 결혼한 '다마키'가 남편의 폭력에 견디지 못하고 자살을 하자, '아오마메'는 자신이 직접 고안한 바늘처럼 날카롭고 뾰족한 무기로 그를 찔러 죽인다.('아오마메'의 행동원리인 '남자에 대한 보복'이 여기에서 출발한다.)

즉, 이 이야기에서는 레즈비언으로서의 육체적 결합보다 '우정'이라는 정신적인 결합이 강하다는 가치관을 표현하고 있는 것이다.

한편, 게이로 등장하는 인물로는 단편 〈우연한 여행자〉의 '피아노 조율사'와 《1Q84》의 경호원 '다마루'가 있는데, 이들의 경우에도 관계는 행복하거나 유리하게 묘사되지는 않는다.

하루키의 작품에서는 동성의 성적관계에 대한 편견은 없지만, 그렇다고 적극적으로 긍정하지도 않는다. 섹스는 기본적으로는 남자와 여자 사이에서 이루어진다. 남자와 여자라는 관계 속에 다양한 커플을 등장시키고, 각각의 성적 상상을 추구해가는 것이 하루키의 방법이다.

백 퍼센트의
연애소설?

베스트셀러 《노르웨이의 숲》의 띠지 광고 문구는 하루키가 직접 썼다. 무려 서명까지 덧붙였는데, 광고 문구 자체만으로도 엄청난 화제가 되었다.

이것은 연애소설입니다.
상당히 낡아빠진 표현이라고 생각하지만,
그 이외에 적당한 말은 떠오르지 않습니다.
격렬하고 조용하며 슬픈 백 퍼센트의 연애소설입니다.
 – 무라카미 하루키

하루키는 훗날 이런 말을 했다.
"'백 퍼센트의 연애소설입니다'는 말이죠, 사실 '이것은 무라카미 하루키의 백 퍼센트 리얼리즘 소설'이라고 쓰고 싶었습니다. 하지만 그런 식으로 말한다면 아무도 읽지 않았겠죠. 연애소설을 쓰자 생각하며 쓴 것은 아니고, 카피는 어디까지나 카피일 뿐입니다."

여기에서 하루키가 말하는 '리얼리즘 소설'이란 무엇일까?

"순수한 마음으로 썼습니다. 성기라든가 성행위라든가, 리얼하게 쓰면 쓸수록 점점 세속적인 것과는 거리가 멀어집니다. 그런 의도에서 썼지만 그렇지 않다는 의견이 많았지요. 포르노가 아니냐는 등."

즉, 하루키는 섹스를 애매하게 얼버무리는 것이 아니라 성기나 성행위 등에 대해 있는 그대로의 사실을 구체적으로 묘사한다는, 섹스를 '리얼하게' 쓴다는 것을 '리얼리즘'이라고 말하는 것이다.

섹스에 대한 묘사가 왜 이처럼 많은가에 대해 하루키는 이렇게 설명한다.

"《바람의 노래를 들어라》에서 나는 섹스와 죽음에 대해 쓰지 않겠다는 명제를 내놓았습니다. 《노르웨이의 숲》에서는 그것을 전부 뒤집어 보고 싶었지요. 죽음과 섹스에 대해 실컷 쓰고 싶었습니다."

'연애소설'의 정의는 상당히 어렵지만, 어쨌든 상대에 대한 남자나 여자의 강렬한 연정이 표현되지 않으면 '연애소설'로 보기 어렵다.

《노르웨이의 숲》의 경우에는 오히려 1960년대 말이라는 '젊은이의 반란'의 시대를 배경으로, 학생인 '나'를 둘러싼 '청춘소설'이라고 생각하는 편이 이해하기 쉽다(하루키 본인은 '성장소설 쪽에 가깝다'라고 말하고 있지만).

네 명의 주요 여성인물 '나오코', '미도리', '레이코', '하쓰미'는 각각 고민을 안고 있지만, '나'에게는 구체적인 고민이 없다.

'나'와 '나오코'의 관계는 무엇이었을까.

'나'는 고교 시절, 자살하기 전의 '기즈키'와 그의 연인인 '나오코'와 셋이 곧잘 어울렸다. 그러나 '기즈키'가 자리를 비우면 '나오코'와 함께 있는 것이 어색했다. '나오코'와의 관계는 '친구의 연인'일뿐 그 이상은 아니었다.

대학에 들어간 뒤 도쿄에서 '나오코'와 재회한 '나'는 그녀를 '불쌍하다'고 생각한다.

"그녀가 바라는 것은 나의 온기가 아닌 누군가의 온기인 것이다."

'나'와 '나오코'는 그녀의 스무 살 생일날 딱 한 번 섹스를 하는데, '나'는 그녀에게 '기즈키'의 대역에 불과하다. 그 뒤로 '나'는 '나오코'를 배려하지만 결국 죽음을 향해 가는 '나오코'를 막지는 못한다.

'나'와 '미도리'의 경우는 어떨까.

'미도리'는 자신이 가족들 사이에서 무시당하며 자랐다고 생각한다. 그래서 '나'가 자신의 감정을 받아줄 대상이 되어주기를 바란다. 아버지가 세상을 떠나자 그녀는 '나'에게 의지하기 시작한다. 또한 그녀는 '나'에게 섹스에 대한 농담은 하면서도 행위는 허락하지 않는다.

'나'에게 '미도리'는 '귀여운 여자아이', '친한 동급생'에 불과하다. 단, 소설의 결말 부분에 그녀에게 전화를 거는 행동에서 알 수 있듯이, '미도리'가 혼란스러운 '나'를 일상으로 되돌려줄 상대라는 것은 분명하다.

'나'에게 '레이코'는 앞서 설명했듯이 '나오코'의 '대역'이라는 의미를 갖는다. '레이코'도 그것을 인식하고 있다.

'나'의 선배 '나가사와'의 연인 '하쓰미'는 사랑의 결실을 보지 못한다. 그녀는 다른 사람과 결혼한 뒤에 자살한다.

《노르웨이의 숲》에서의 격렬한 연애는 '기즈키'에 대한 '나오코'의 사랑과, '나가사와'에 대한 '하쓰미'의 사랑에만 국한된다고 할 수 있다. 그리고 두 여성 모두 스스로 목숨을 끊는다. 이렇듯 격렬한 연애가 그려지고 있다는 점에서 보면 《노르웨이의 숲》은 분명한 '연애소설'이라고 봐도 무방할 것이다.

지금까지 많은 작품에 대해 자세히 살펴봤다시피, 하루키의 소설에서 격렬한 사랑과 진실한 사랑은 모두 죽음으로 이어진다. 사랑은 죽은 자의 나라에서만 성립되는 것이다. 그처럼 현실을 넘어선 '영원'의 사랑을 이야기한다는 것이야말로(게다가 많은 섹스 묘사를 섞어 넣으며 이야기한다는 것은) 하루키 소설의 매력이라고 할 수 있다.

그렇지?
그렇고말고.
(《스푸트니크의 연인》의 대사 중에서)

　무라카미 하루키의 안내서는 꽤 많이 나와 있지만, 대부분은 작품을 중심으로 논한 책들로 작가에 대해 자세히 쓴 책이 없었다. 그래서 작가와 작품 모두를 잘 이해할 수 있는 안내서를 만들어 보고자 했다.

　나는 하루키가 데뷔했던 삼십 년 전 무렵부터 그의 작품을 늘 애독해 왔고, 논문과 서평이나 해설 등도 꽤 많이 써왔다. 연구서도 몇 권인가 엮어 발표했다. 그러한 경험의 성과들이 이 책에 녹아들었기를 바란다.

　나 역시 초반에는 하루키의 작품을 '재밌고 즐거운 소설'이라는 느낌으로 읽었다. 그런데 언제부터인가 하루키는 '재밌고 즐거운' 테마뿐만 아니라, 묵직하게 무게감 있는 테마를 바탕으로 인간관계와 인간 심리의 문제에 깊게 파고든 작품을 써오고 있다.

그리고 지금은 '세계적'인 작가로 자리매김하였는데, 그것이 가능했던 이유에 대해서도 가능한 한 이해하기 쉽게 다양한 방향에서 설명했다.

하루키의 경력이나 실생활에 대해서는 원칙적으로 작가 자신이 공표한 에세이, 대담, 인터뷰, 웹사이트 등의 데이터를 사용했다. 직접 찾은 부분도 어느 정도 포함되어 있다.

하루키는 "나는 거짓말에 서투르다"라고 말한 바 있으므로, 공표된 데이터는 대체로 신용할 수 있을 거라 생각하지만, "하지만 거짓말을 하는 것 자체는 그렇게 싫어하지 않는다"라고도 말한 적이 있어 살짝 두렵다(웃음).

이 책이 완성되기까지, 편집을 맡아준 사쿠라바 다이치 씨에게 많은 조언을 받았다. 선라이즈의 슈고 고노미 씨로부터도 큰 도움을 받았다. 감사의 말씀을 전하고 싶다.

*각 작품은 장편, 단편, 그림책, 논픽션 · 에세이로 구분하였고,
본문에서 작품이 나오는 위치를 표시하였습니다.

쓰게 데루히코(柘植光彦)

1963년에 도쿄대학 불문과를 졸업하고, 도쿄대학 대학원에서 국어국문학 박사과정을 수료했다. 현대일본문학 연구의 선구자로, 현대문학 비평 및 연구와 학회 활동에 전념했다. 무라카미 하루키 관련해서는 편저서 《무라카미 하루키 – 테마·장치·캐릭터》, 구리쓰보 요시키와의 공편저 《무라카미 하루키 스터디스》 전5권 외에 논문·서평 등 다수가 있다. 연구 대상 작가로는 하니야 유타카, 오에 겐자부로부터 요시모토 바나나, 오가와 요코에 이르기까지 50여명에 이른다.

윤혜원

명지대학교 일어일문학과를 졸업하고 SBS방송아카데미에서 영상번역 더빙연출 일어 과정을 수료했다. 이후 일본 센슈대학에서 석사학위를 받고 동대학 특강강사로 근무했으며, 현재는 바른번역에서 일본어 출판번역을 전문으로 하고 있다. 옮긴 책으로는 《생각혁명》《리얼월드》《얼음의 나이》 등이 있으며, 무라카미 하루키 관련 논문 〈韓国における村上春樹の役割と意義－代表作《ノルウェイの森》の受容様相(한국에서의 무라카미 하루키의 역할과 의의－대표작 《노르웨이의 숲》의 수용양상)〉을 발표한 바 있다.

웰컴 투 더 하루키 월드
무라카미 하루키의 일상과 작품세계로 떠나는 여행

초판 1쇄 발행 | 2013년 12월 13일
지은이 | 쓰게 데루히코
옮긴이 | 윤혜원
펴낸곳 | 윌컴퍼니
펴낸이 | 김화수
등록 | 2011년 4월 19일 제300-2011-71호
주소 | (110-043) 서울시 종로구 자하문로13길 15, 1층
전화 | 02-725-9597
팩스 | 02-725-0312
이메일 | willcompany@nate.com
ISBN | 978-89-967751-7-1   03830

• 잘못된 책은 바꿔드립니다.
• 책값은 뒤표지에 있습니다.

이 도서의 국립중앙도서관 출판시도서목록(CIP)은 서지정보유통지원시스템 홈페이지
(http://seoji.nl.go.kr)와 국가자료공동목록시스템(http://www.nl.go.kr/kolisnet)에서 이용
하실 수 있습니다.(CIP제어번호: CIP2013023015)

Welcome to the Haruki World!